愛猫随筆集

中央公論新社

内田百閒
1954年 5月11日、自宅庭にて。濱谷浩撮影。

猫ヲ探ス

その猫がゐるかと思ふ見當は麴町界隈。

三月二十七日以來失踪す。雄猫。毛並は薄赤の虎ブチに白毛多し。尻尾の先が一寸曲がつてゐてさはればわかる。鼻の先に薄きシミあり。左の頰の上部に人の指先位の毛の拔けた痕がある。「ノラや」と

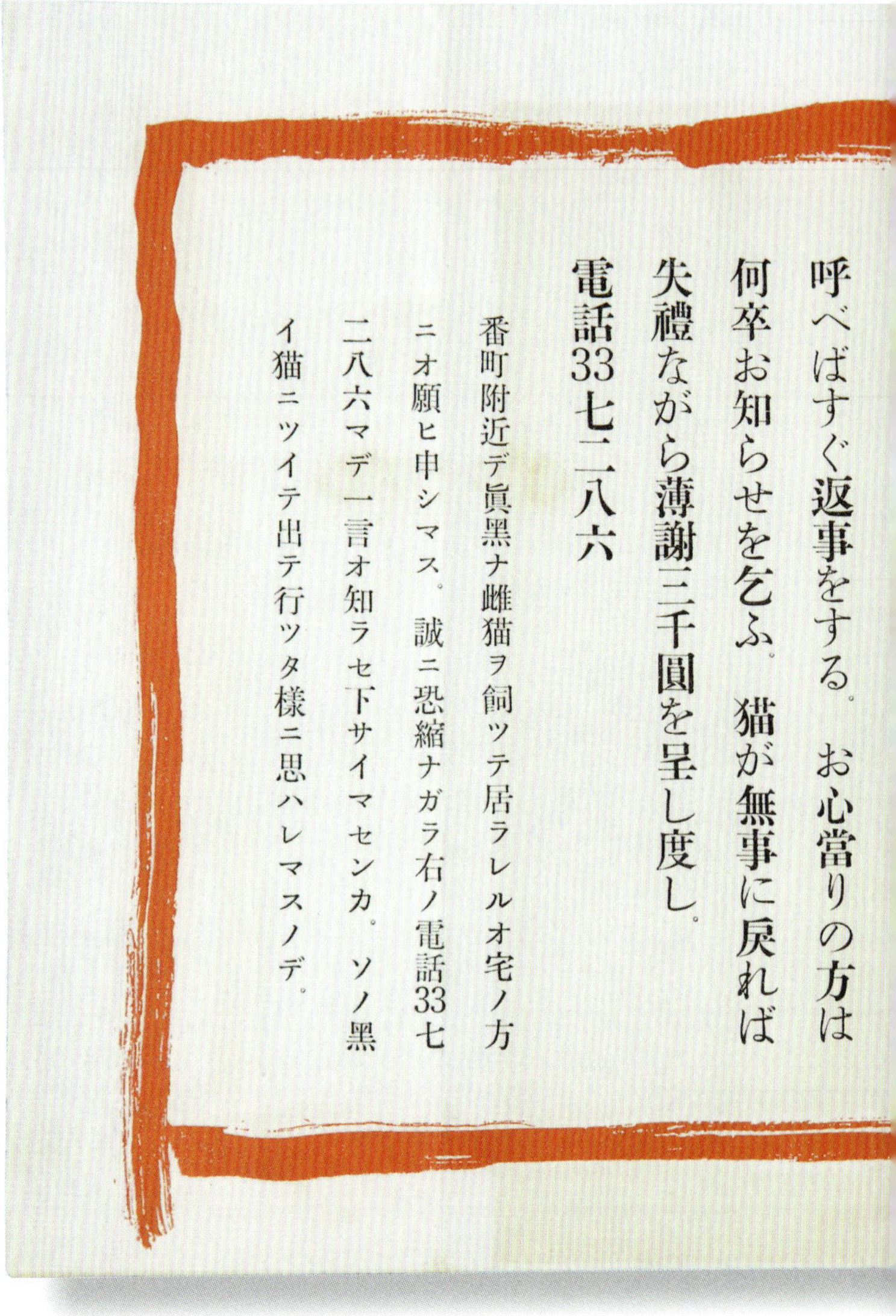
呼べばすぐ返事をする。お心當りの方は
何卒お知らせを乞ふ。猫が無事に戻れば
失禮ながら薄謝三千圓を呈し度し。
電話33七二八六
番町附近デ眞黑ナ雌猫ヲ飼ツテ居ラレルオ宅ノ方
ニオ願ヒ申シマス。誠ニ恐縮ナガラ右ノ電話33七
二八六マデ一言オ知ラセ下サイマセンカ。ソノ黑
イ猫ニツイテ出テ行ツタ様ニ思ハレマスノデ。

1957年4月12日に作成した最初の尋ね猫「猫ヲ探ス」の新聞折り込み広告。3000枚を配布した（p.56、60）。

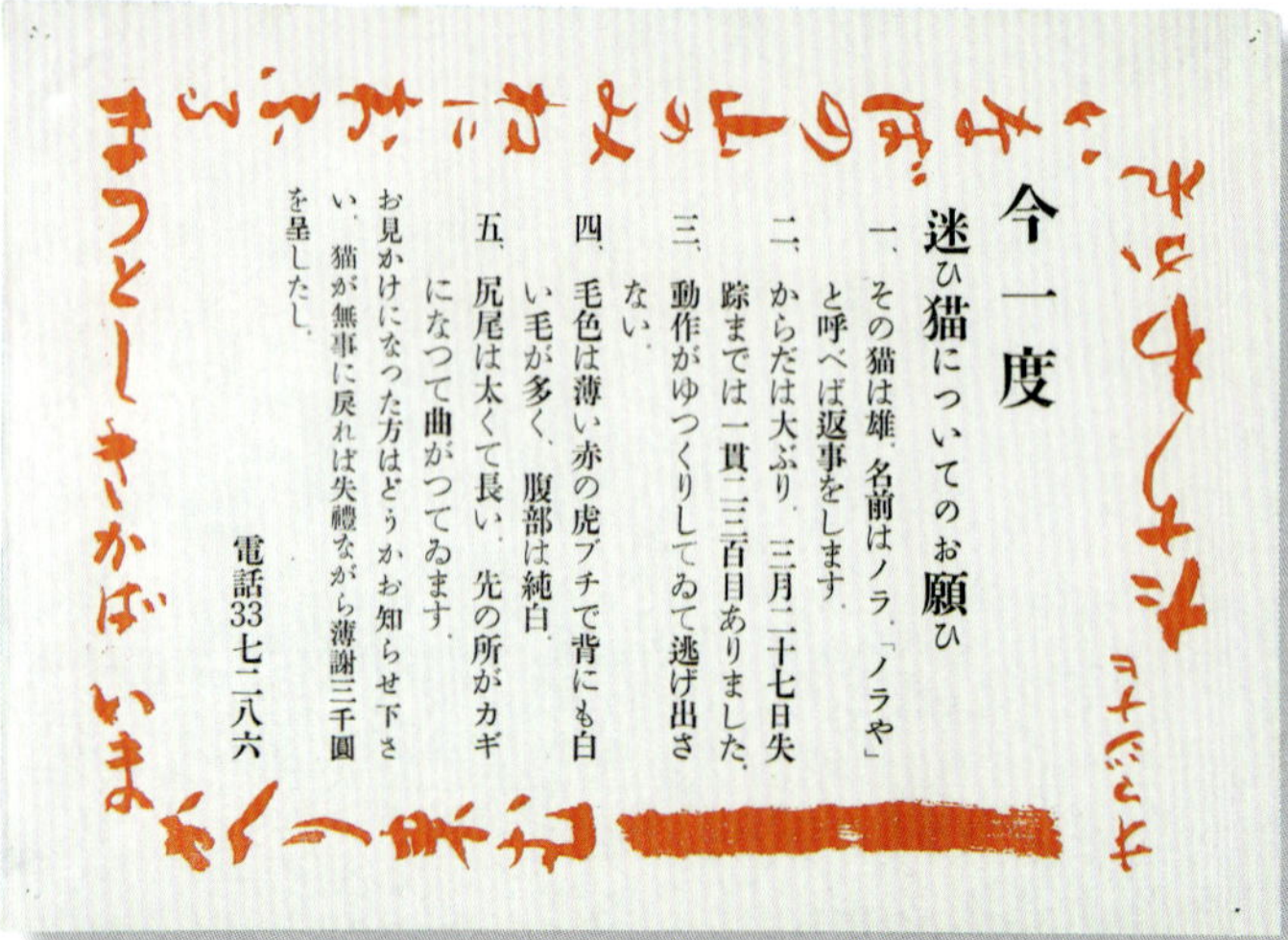

同年4月27日に配布した2回目の新聞折り込み広告。3000枚配布（p.79）。

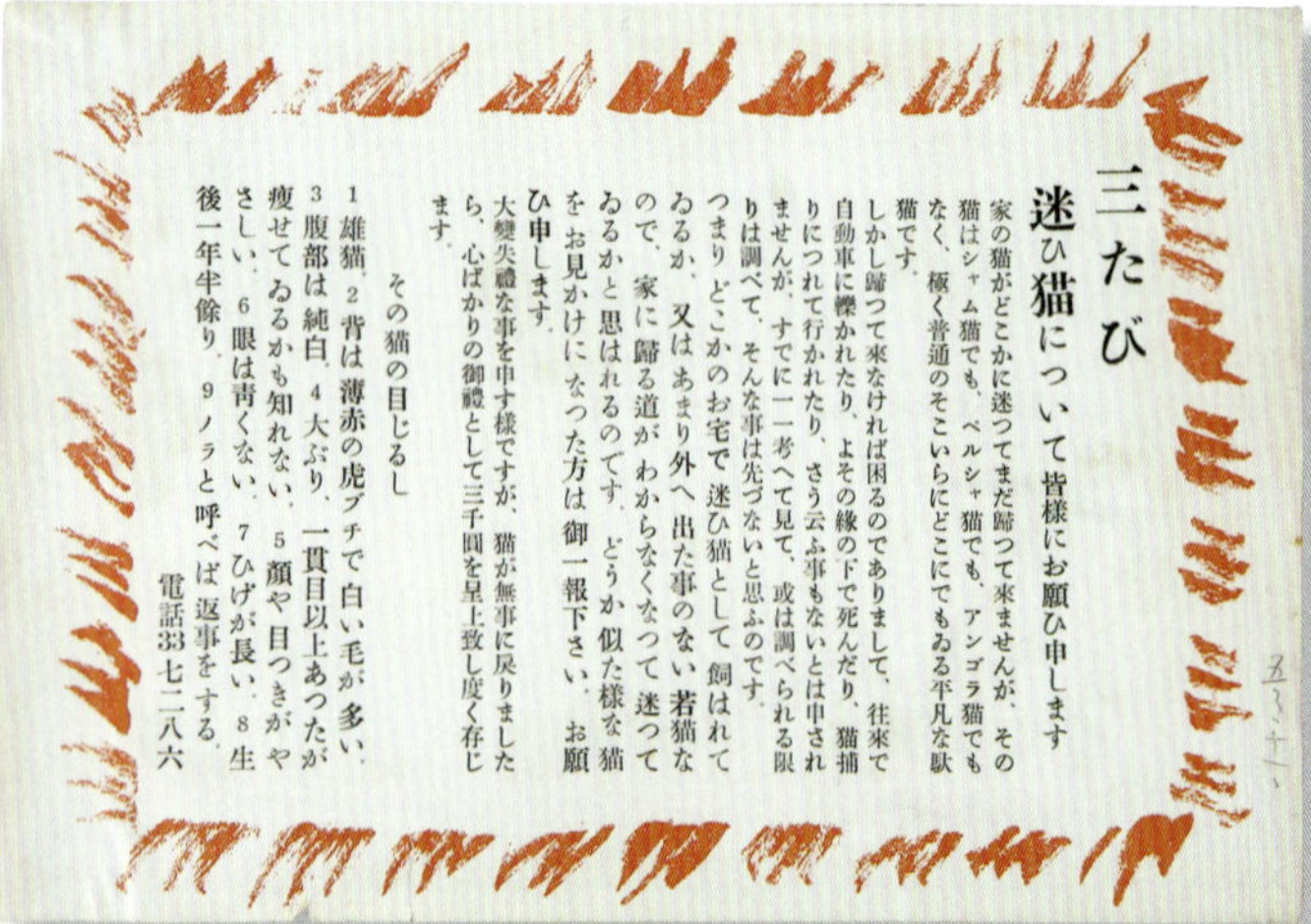

同年5月11日に出来た3回目の新聞折り込み広告。5500枚配布（p.90）。

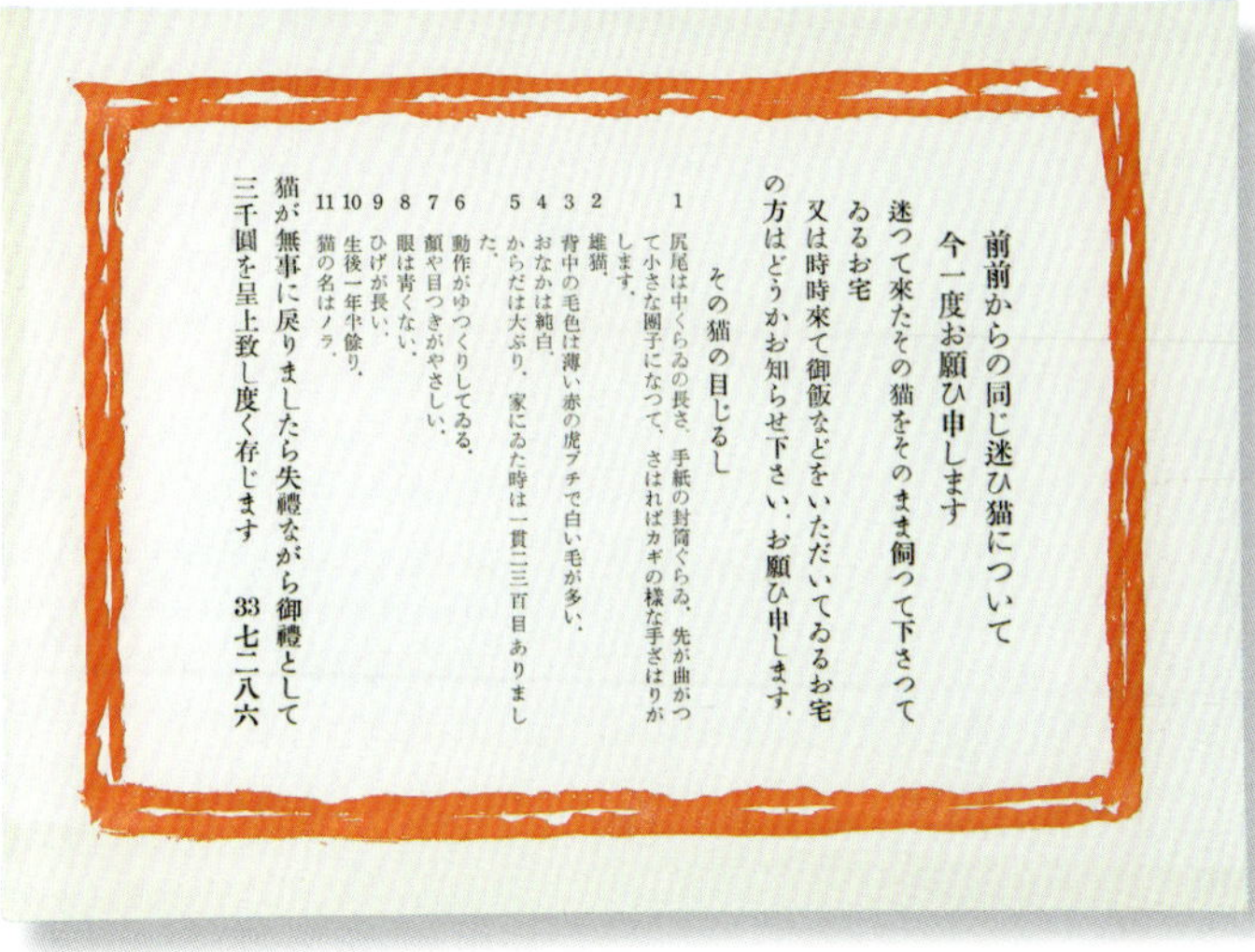

前前からの同じ迷ひ猫について
今一度お願ひ申します
迷って來たその猫をそのまま飼って下さって
ゐるお宅
又は時時來て御飯などをいただいてゐるお宅
の方はどうかお知らせ下さい、お願ひ申します。

その猫の目じるし

1 尻尾は中くらゐの長さ、手紙の封筒ぐらゐ、先が曲がって小さな團子になって、さはればカギの樣な手ざはりがします。
2 雄猫。
3 背中の毛色は薄い赤の虎ブチで白い毛が多い。
4 おなかは純白。
5 からだは大ぶり、家にゐた時は一貫二三百目ありました。
6 動作がゆつくりしてゐる。
7 顏や目つきがやさしい。
8 眼は青くない。
9 ひげが長い。
10 生後一年半餘り。
11 猫の名はノラ。

猫が無事に戻りましたら失禮ながら御禮として
三千圓を呈上致し度く存じます　33 七二八六

同年6月7日に文案を作った4回目の新聞折り込み広告（p.126）。

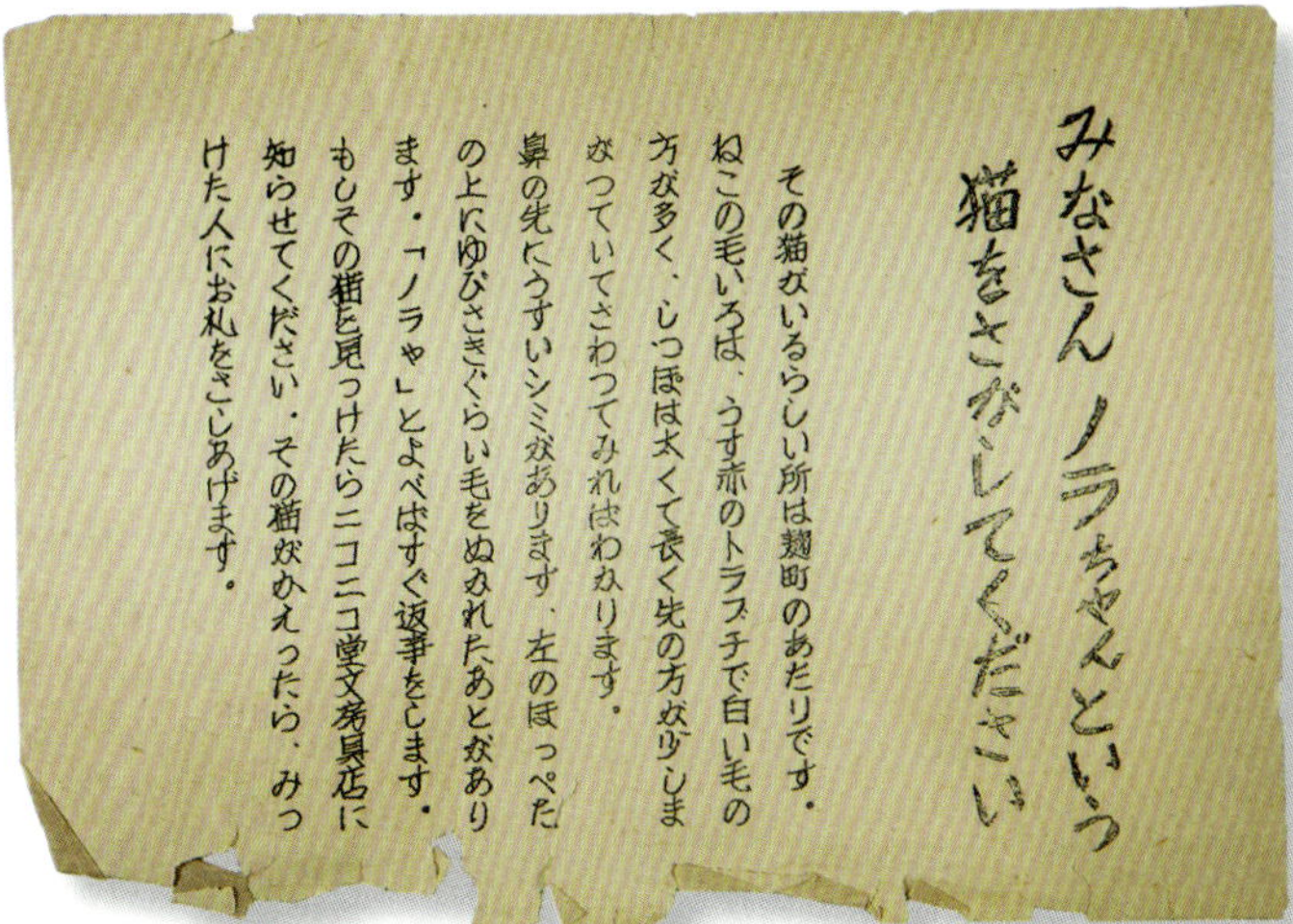

みなさん　ノラちゃんという
猫をさがしてください

その猫がいるらしい所は麹町のあたりです。
ねこの毛いろは、うす赤のトラブチで白い毛の
方が多く、しつぽは太くて長く先の方が少しま
なつていてさわつてみればわかります。
鼻の先にうすいシミがあります、左のほっぺた
の上にゆびさきぐらい毛をぬかれたあとがあり
ます・「ノラや」とよべばすぐ返事をします・
もしその猫を見つけたらニコニコ堂文房具店に
知らせてください・その猫がかえったら、みつ
けた人にお礼をさしあげます。

子どもたちにも呼びかけようと、親しくしていた若い学生・菊島和男に頼み、わかりやすく新かな遣いで作成したチラシ（p.80）。

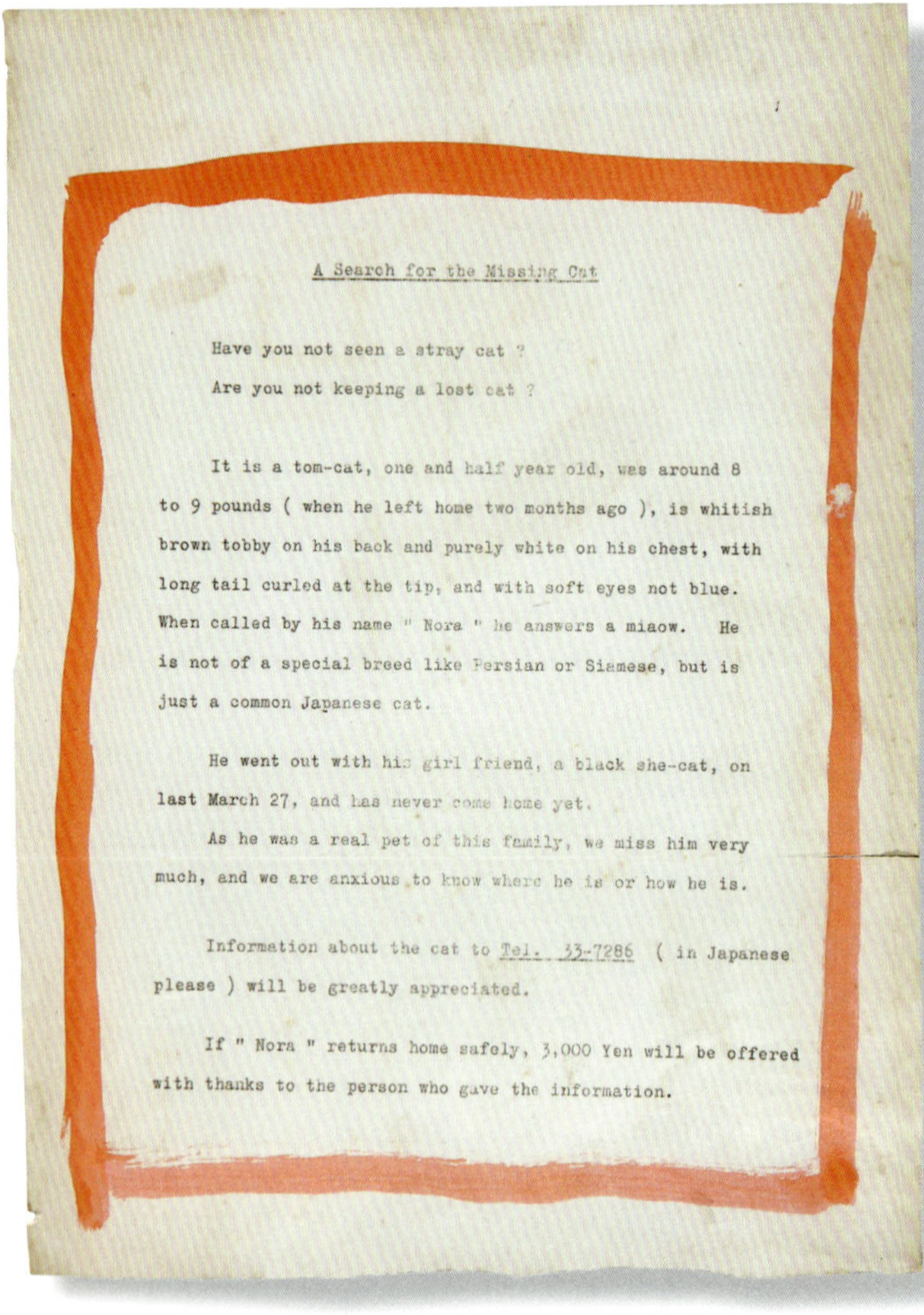

A Search for the Missing Cat

Have you not seen a stray cat ?

Are you not keeping a lost cat ?

It is a tom-cat, one and half year old, was around 8 to 9 pounds (when he left home two months ago), is whitish brown tobby on his back and purely white on his chest, with long tail curled at the tip, and with soft eyes not blue. When called by his name " Nora " he answers a miaow. He is not of a special breed like Persian or Siamese, but is just a common Japanese cat.

He went out with his girl friend, a black she-cat, on last March 27, and has never come home yet.

As he was a real pet of this family, we miss him very much, and we are anxious to know where he is or how he is.

Information about the cat to Tel. 33-7286 (in Japanese please) will be greatly appreciated.

If " Nora " returns home safely, 3,000 Yen will be offered with thanks to the person who gave the information.

同年5月24日、外国人宅に配布するために、次女・美野に
作成させた英字広告（p.113のものとは異なる部分がある）。

『クルやお前か』（東都書房1963年7月刊）の斎藤清による口絵版画「猫クルツと百鬼園先生と相倚りてお庭の詠めに興ずるの図」のために、百閒自身がモデルを務め、平山三郎が撮影した。のちに中公文庫『ノラや』（1980年3月刊）の装画に使用した。

東京麴町の百閒自宅「三畳御殿」の門。

〈口絵写真〉
濱谷浩撮影「内田百閒」Ⓒ片野恵介
上記以外は（公財）岡山県郷土文化財団所蔵

ノラや
愛猫随筆集

目次

ノラや

愛猫随筆集

彼ハ猫デアル

一

うちの庭に野良猫がいて段段おなかが大きくなると思ったら、どこかで子供を生んだらしい。何匹いたか知らないが、その中の一匹がいつも親猫にくっ附いて歩き、お勝手の前の物置の屋根で親子向き合った儘《まま》居睡りをしていたり、欠伸《あくび》をしたり、何となく私共の目に馴染みが出来た。

まだ乳離《ちばな》れしたかしないか位の子供が、夜は母親とどこに寝ているのか知らないけれど、昼間になると出て来て、毎日同じ所で、何だか面白くて堪《たま》らない様に遊び廻る。親猫にじゃれついてうるさがられ、親猫はくるりと後ろ向きになって、居睡りを始めているのに、まだ止めない。その内に、相手になって貰えないから、つまらなくなったのだろうと思う。物干しの棒を伝ってお勝手の庭へ降りて来て、家内が水を汲んでいる柄杓《ひしゃく》の柄にからみついた。手許がうるさくて仕様がないから家内が柄杓を振って追っ払おうとしたら、子猫の方では自分に構ってくれるものと勘違いしたらしく、柄杓の運動に合わして、はずみをつけてぴょいぴょいとすっ跳んだ向うの、葉蘭の陰の金魚のいる水甕《みずがめ》の中へ、自分の勢いで飛び込んでしまった。

うるさいから追っ払ったけれど、水甕におっこちては可哀想である。すぐに縁《ふち》から這い上がって来たそうだが、猫は濡れるのはきらいだから、お見舞に御飯でもやれと私が云った。

彼が水甕に飛び込んだのが縁の始まりと云う事になる。彼と云うのは雄だからである。静岡土産のわさび漬の浅い桶に御飯と魚を混ぜたのを家内が物置の前に置いてやった。よろこんで食べたらしいけれど、いつの間にか食べてどこかへ行ってしまったと云う風で、何分野良猫の子だから、物を食べる時は四辺に気を配るらしい。その次にまた桶に入れてやった時、それに気がついても抜き足差し足で近づくと云う様子だから、もっとはたから見えない様に、葉蘭の陰に置いてやれと云った位である。

何となく猫に御飯をやるのが癖になって、お膳で食べ残した魚の骨や頭は、猫にやればいいいと思う様になった。子猫の方でも段段に馴れて来て、あまり私共の方を警戒しなくなった様だが、いつも同じ所に御馳走が出ている事を親猫も知り、他の野良猫も知り、近所の亜米利加人が飼っている子犬も嗅ぎつけてやって来て、すぐにわさび漬の桶が空っぽになり出した。だから先ず彼を呼び、その上で御飯を出してやると云う事にした。

ひどく雨が降っている日に、雨が降っても腹はへっているだろうと云うのでその用意はしたが、猫は濡れるのは困るだろう。いつもの場所でなくお勝手の上り口に置いてやろうと云う事になって、猫は家の中へ一歩近づき、お天気のいい日でもわさび漬の桶をそこへ置いてやる様になった。

もうすっかり乳離れはしている様で、あまり親猫の後を追っ掛けない。親猫の方はその内に又次の子供が出来かかっている様子で、彼をうるさがり出した。どうか何分共よろしくお願い申しますと口に出しては云わなかったが、そう云う風にどこかへ行ってしまった。

この子猫を飼ってやろうかと云う相談を、私と家内とでした。しかしながら家には小鳥がいる。種子ケ島の赤ひげと、日向《ひゅうが》宮崎の目白と、どこの産だか知らないが東京近辺の目白とがいる。そこへ野良猫の子を請じ入れるわけには行かない。しかし又この猫の子を追っ払ってしまうのも可哀想である。追っ払っても行かないだろう。前後の成り行き止むを得ないから、この野良猫を野良猫として飼ってやろう。座敷には決して入れない事にすればいいだろう、と云う事になった。

その取りきめに従って、彼はお勝手の上り口から、土足のまま上に上がって来出した。座敷に這入ってはいけないのみならず、中をのぞいてもいけない事になっている。のぞけば小鳥が見える。だからその方へ顔を向けたら頭をたたいて、見てはいけない事になっている由を云い聞かす。彼がいてもいい、歩いてもいい領域は、お勝手の板の間と、短かい廊下と洗面所の下陰と、風呂場だけである。しかし家のまわり、庭一帯は彼の領分であって、梅の幹に攀《よ》じ登り、池の縁を馳け廻り、木賊《とくさ》の中を走り抜けるのは彼の自由である。縁の下も勿論彼の出没にまかせる。もともと野良猫であるから、ゆかりのある出生の地を跳び廻るのは好都合だろう。

野良猫を野良猫のまま飼うとしても、飼う以上名前があった方がいい。野良猫だからノラと云う名前にした。但しイプセンのノラは女であったが、彼は雄である。性が逆になったりした名前はおかしいかも知れないけれど、時勢が変れば人間だって男だか女だか判然しなくなり、入れ代ったりしないとは限らないから男のノラで構わぬ事にする。

二

飼うと云う事になれば、食べ物と寝床を与えなければならない。物置小屋の板壁の板を少しずらして、小さなノラが出入り出来る位の穴をつくり、その内側にわさび漬の桶と蜜柑箱を置く事にした。蜜柑箱の中には雑巾にする襤褸《ぼろ》のきれが分厚に敷いてあって暖かそうである。

暫らくの間、彼はその装置に安住し、どこへ行ったのだろうと思うと小屋の中の蜜柑箱でいい心持に寝ている様になった。腹がへればお勝手口へ来て、にゃあにゃあ騒いでせがむ。まだ子供だから、そのにゃあにゃあ云う声も心細い程細い。

何日か経つ内に彼は風を引いた。猫が風を引くと云うのが私には珍らしかった。丸っ切り元気がなくなって、御飯も魚も食べない。こっちであわてて、コンビーフをバタでこね廻したのに玉子を掛けてやって見ると、少し食べた。水の代りに牛乳を供し、蜜柑箱の中にはウィスキーの罎に温湯を入れたのを湯たんぽの代りに入れてやった。

手当ての効ありて、二三日でなおった様だが、その間家内が可哀想がって頻《しき》りに抱いたので、野良猫の癖に余程私共に親近感を抱く様になったらしい。又寒い雨が降り続いたりしたので、いつの間にか小屋の中のわさび漬の桶はお勝手の上り口の土間に移され、夜も小屋へは帰らず、風呂場に這入って風呂桶の蓋の上に寝る様になった。いつの間に彼はその場所を発見したのか知らないが、私は毎日風呂に這入るので、中には大概いつも温かい湯が這入っているから、蓋は何とも云えないいい気持の暖かさになっている。朝鮮のオンドルは話に聞いているだけで実際には知らないが、猫はそう云うつもりで風呂桶の蓋の上に寝ているに違いない。

野良猫を野良猫として飼っているつもりであるが、次第に家の中へ這入って来て、居直った形である。猫の方では、野良猫を野良猫としてなどと云う面倒な事は考えにくいかも知れない。第一、彼は我我人間をどう云う風に考えているのかと云う根本の点で、猫の料簡はこっちによく解らない。

風呂蓋に寝そべっている猫の寝相を見ると、傍若無人である。蓋の桟を枕にして小さな三角な頭を載せ、四本の脚を伸ばせるだけ伸ばして大の字になっている。人間の道楽者が寝ている様で、この猫は猫又になるのではないかと思う。人の気配がしても、そばで音をさしても知らん顔をしている。動物には外敵にそなえる本能がある筈だと思うけれど、彼は丸で無防備の姿勢で寝る。さわれば細眼を開けて人の顔を見るが、面倒臭そうに又目をつぶって寝てしまう。仰向けに寝ている事もある。鼯《むささび》の様な恰好になって、腋の下を出しているから、くすぐってやったが平気らしい。人間の様にくすぐったがらない。

言海の言海流の語源の穿鑿《せんさく》に依ると、猫はよく寝るから寝子だと云う事になる。私の子供の時は家で猫を飼っていたので、猫と云うものを知らないわけではないが、これ程よく寝るとは知らなかった。そこいらでじゃれていなければ、大概いつでも寝ている。昼でも夜でも見境はない。夜は風呂場の中は真暗だが、猫は暗いのは平気の様である。睛《ひとみ》を細くしたり円くしたりして、何でも見えるのだろう。暗がりで猫が休息している所へ、スウィッチを入れて電気をともすと、急に明かるくなったので、まぶしそうな目をする。また消したり、又ともしたりして猫をからかう。しかしいくら猫の目でも、そんな事をされると電気の明滅に睛の調節が戸惑《とまど》いして目が悪くなり、眼鏡を掛けなければならない様な事になるだろう。猫が眼鏡を掛けたらおかしいかも知れないが、しかし現に猫が眼鏡を掛けた様な顔をした人間もいるから、ノラは気にしなくてもいい。

何しろ風呂桶の蓋がよくて仕様がないらしい。晩になって私が風呂に這入ろうとすると彼がその上を占領しているから摘まみ出す。そうしておいて裸になって行くと、又這入って来る。仕方がないから又摘まみ出す。もう掛け湯をして、そこいらが濡れているのに又這入って来る。這入って来ても、もう蓋はない。すると彼は風呂桶の縁《ふち》へ上がって、狭い所で落ちない様に中心を取っている。猫と混浴するのは困る。

三

寝るだけ寝ると起きて欠伸《あくび》をする。私もよく欠伸をするが、猫の方がもっとする。細い貧弱な舌を人前に出して、無遠慮に口を開ける。その間前脚で口を押さえると云う様な作法は知らない。欠伸はするけれど、涎《よだれ》は垂らさない様で、犬や人間の子供よりはお行儀がいいかも知れない。しかし人が何か食べている口許を見ると、うるさくねだって、にゃあにゃあ云う。そう云う時は辛子、酢の物、沢庵、七味、山椒などを鼻の先へ持って行って、こすりつけてやると迷惑そうな顔をして横を向いてしまう。またたびはまだ買ってやらないが、その内に取り寄せて饗応しようと思う。

明治三十八年十月に日本橋大倉書店から出た漱石先生の「吾輩ハ猫デアル」の初版本を私は持っている。菊判天金、橋口五葉の装釘で、中村不折の口絵は尻尾を持って猫をぶら下げた絵である。私もその趣向をノラで試して見ようと思って彼をつかまえた。

ノラの尻尾は少し寸づまりの様だが、ぶら下げるには差閊《さしつか》えない。尻尾の先が、毛が生えているから見ただけではわからないが、手に持って見ると中の芯が鉤《かぎ》になって曲がっている。その鉤を指にからませる様にして、ぶら下げた。ぎゅうとも、にゃあとも云わないけれど、彼は面白くはないだろう、宙に浮いた四本の脚で游《およ》ぐ様な恰好をしている。大分持ち重もりがする。初めの時分から見ると、随分大きくなった様だから、この尻尾を紐でくくって、お勝手の戸棚にある棒秤《ぼうばかり》に懸けて目方を計ろうかと思ったが、止めた。余り長くなると猫の頭に血が下がって気分が悪いだろうとも思ったし、又動物の目方を計っているのは、後で料理して食うつもりの様にも見える。猫を食おうとは思わないから、そんな疑わしい所業で猫の誤解を招くのは心外である。

猫は七代祟《たた》ると云う。ノラをいじめるつもりはないから、尻尾でぶら下げたのもいじめたのではないから、祟られる心配はないが、怨みの側ではそれ程執拗である癖に、恩の方は丸で関知しないと云うのが古来、猫の通り相場である。野良猫のノラも拾い上げられたと云うので感謝感激している風はない。三日の恩を忘れない犬よりも、猫のそのそっけない所がこちらにはいいので、恩を知られたりしては却って恐縮する。恩のやり取り、取り引きは人間社会で間に合っているからノラには御放念を乞う。

棒秤《ぼうばかり》で計って見る迄もなく、ノラは随分大きくなったが、まだ子供の気が抜けない様で、あばれ出したら切りがない。屑籠がひとりでに転がったと思うと、中に這入っている。庭の炭俵の空俵が動き出したので家内が行って見ると、中から炭の粉をかぶって飛び出して来たそうで、それで人に抱かさるから、著物《きもの》は堪らない。朝と夕方と、一日に二度、時を切って面白くなるらしい。はずみがついて止まりがつかなくなって、人の足許にからみつき、すぐに仰向けに寝てそこいらを噛もうとする。噛むと云ってもじゃれているのだから、大した事はないが、しかし歯があるから少しは痛い。家内は閉口して猫のその時間になると、もんぺを取り出して穿いている。私は家にいる時制服を著用《ちゃくよう》しているから大丈夫である。彼の機鋒をそらす為、ピンポン玉を二つ買って与えたら、それを転がして追っ掛けて夢中になっているので、その隙にそこいらを通行する。

ノラが糞《ふん》をしくじった事がある。その時はおなかをこわしていた様で、止むを得なかったかも知れないが、洗面所の足拭きの中へして、その切れを丸めて包んであった。きっと後足で砂を蹴る要領で、足拭きの切れを蹴ったのだろうと思う。

私の家の隣りは小学校である。午後遅くなると拡声機から先生の声が飛び出す。「まだ校庭で遊んでいる人人は」子供に向かって先生がおかしな言葉遣いをすると思う。幼稚園もある。幼稚園の先生が、胡麻粒程の子供を相手に、「男の方は、女の方は」などと云う。「辷《すべ》り台を反対に登ってはいけない事になって居ります」登ってはいけない、とは云わない。

だから私もノラに云って聞かせる。「猫の方はここで糞《ふん》をしてはいけない事になって居ります」

甘木君と猫の話をした。「猫は昔の漱石先生みたいに、胃弱なんだってね」「猫が胃病ですか」「猫は胸焼けがするんだそうだ。だから余り脂濃い物をやるとおなかをこわす」「本当ですか」「消化を助ける為に時時庭へ出て草を食っている。こないだはそれでしくじったんだ」

洗面所の足拭きの一件を話していたら、お勝手の境の襖を、向うからがりがり引っ掻く音がする。

「ふんし箱にしませんか」「もともと野良猫だからね」

「僕がですか」と云った様な気がする。

ノラや

一

猫のノラがお勝手の廊下の板敷と茶の間の境目に来て坐っている。

外は夜更けのしぐれが大雨になり、トタン屋根だから軒を叩く雨の音が騒騒しい。

お膳の上は食べ残したお皿がまだその儘《まま》に散らかり、座の廻りはお酒や麦酒の罎で、うっかり起《た》てば躓《つまず》きそうである。

しかしもう箸をおいたので、後ろの柱に靠《もた》れて一服している。

その煙の尾を見てノラは坐りなおした。つまり両手にあたる前脚を突いた位置を変えたのである。

ノラは決してお膳には来ない。そのお行儀を心得ている。

猫は煙を気にする様である。消えて行く煙の行方をノラは一心に見つめている。

彼がもっと子供の時は、家内に抱かれていて私の吹かす煙草の煙にちょっかいを出し、両手を伸ばして煙をつかまえようとした。しかし今はもう一匹前の若猫だからそんな幼稚な真似はしない。じっと見つめて、消えるまで見届ける。

「こら、ノラ、猫の癖して何を思索するか」

「ニャア」と返事をしてこっちを向いた。ノラはこの頃返事をする。尤も、どの猫でも返事をするのかも知れない。私は今まで、子供の時家に猫がいた事は覚えているが、自分で猫を飼って見ようと考えた事もなく、猫には何の興味もなかった。だから猫の習性なぞ何も知らない。ノラと呼べば返事をすると云っても、外の猫にノラと声を掛ければ矢張り返事をするのかも知れないし、ノラに向かって人間の名前を呼び掛けても同じくニャアと云うのかも知れない。そう云う実験をやって見た事がないので、私にはどうなのだか解らない。

ノラはその間境《まざかい》に暫らく坐っていた後、どう云うきっかけか解らないが、腰を上げて伸びをして、それから人の顔を見ながら口一ぱいの大きな欠伸をして向うへ行ってしまった。多分風呂場へ這入って、湯槽《ゆぶね》の蓋の上にいつもノラの為に敷いてある座布団に上がって寝たのだろう。

この稿は「彼ハ猫デアル」の続きである。一昨年の初秋、今は取りこわした低い物置小屋の屋根から降りて来た野良猫の子が、私の家で育って大きくなったので、私も家内も特に猫が好きだから飼ったと云うわけではない。自然に私の家の猫になったので、その経緯は右の「彼ハ猫デアル」に詳しい。その稿にもことわってある通り、ノラと云う名前はイプセンの「人形の家」の「ノラ」から取ったのではない。それなら女であるが、うちのノラは雄で野良猫の子だからノラと云う。だからノラと云うその名は世界文学史に丸で関係はない。

うちのノラが降臨した高千穂ノ峰は物置小屋である。そのもとの低い物置を去年の秋に取りこわして、後に新らしい物置が建った。今度のは大分立派で、しっかりしていて、屋根も高い。屋根はペンキ塗りのトタンである。ノラは早速新物置の屋根に上がり、塗り立てのペンキの上を歩いて帰って来て家内に抱かさったから、家内の上っ張りはペンキだらけになった。ノラの足の裏をアルコールやベンジンで拭いたり、上っ張りの始末をしたり、大騒ぎをしていた。

私の家には小鳥がいる。目白二羽と赤ひげで、昼間は飼桶《こおけ》から出して座敷に置く。猫に小鳥は目の毒に違いない。ノラが子供の時は、廊下から座敷の小鳥籠の方をじっと見据えて、腰を揉む様な恰好をした事がある。飛び掛かろうとしたのである。叱って頭をたたいて止めさしたが、そう云う事が習慣になって、ノラは決して畳敷きの上には這入って来なかった。うっかり這入って来ようとすると、私が睨めば止めて、そこへ坐り込んでしまう。猫を睨むにも気合いがある。学校教師の時、学生を睨んだ目つきでは猫には通用しない。

昔、四谷の大横町の小鳥屋に猫がいて、目白や頬白の籠を置いた間で昼寝をしていたのを見た事がある。猫でもしつけをして馴らせば、小鳥に掛からぬ様になる実例を私は見て知っている。

ノラが大分大きくなって、私と家内と二人きりの無人の家にすっかり溶け込み、小さな家族の一員になった様である。顔つきや、特に目もとが可愛く、又利口な猫で人の云う事をよく聞き分けた。いつも家内の傍にいるので、家内は可愛がってしょっちゅう抱いていた。私がこっちにいる時、お勝手で何か云っている様だから、声を掛けて、だれか来ているのかと聞くと、ノラと話しをしているところだと云う。

「いい子だ、いい子だ、ノラちゃんは」

少し節をつけてそんな事を云いながら、お勝手から廊下の方を歩き廻り、間境《まざかい》の襖を開けて、

「はい、今日は」と云いながら猫の顔を私の方へ向ける。ノラは抱かさった儘、家内の前掛けの上で、先の少し曲がった尻尾を揉む様にしたり、尻尾全体で前掛けをぽんぽん叩いたりする。

生まれてまだ一年経たない去年の夏、庭へ出るとよそから来た猫と張り合って、喧嘩する様な声をし出した。しかし大体どの猫にもかなわない様で、そう云う声が聞こえると、いつも家内がやり掛けた事を投げ出して加勢に馳けつけた。ノラは私の家の庭から外へ出た事がないらしく、いつもそこいらの門の脇か屏《へい》の上で睨み合っているのだから、加勢も役に立つわけである。

私の家には門が二つある。往来に面した門から両隣りの間の細長い路地を這入った所にもう一つ内門がある。その門と門との間をつなぐ混凝土《コンクリート》の通路の半分迄もノ

ラは出て行かない。往来の門まで出て、外を見た事は一度もないだろう。たまに家内が郵便を入れに行ったり近所の用達しに出たりすると、ノラは内門の傍までついて行って、そこから先へは行かない。帰って来ると、そこにちゃんと坐って待っていたと云うので、家内は抱き上げて頬ずりしながらお勝手に這入って来る。

庭から外へ出なくても、庭の屏を隔てた向うの靴屋の藤猫が子供の時からノラと仲好しでいつも遊びに来るから、友達には不自由しなかったのだろう。その藤猫はノラと前後した頃に生まれた雄で、雄同士でも気が合うと云う相手があるのかも知れない。いつも二匹揃って、鼻を突き合わせる様にして日向ぼっこしたり、庭石の上にいつまでも並んでしゃがんでいたりする。ノラのお友達だからと云うので、家内がお皿に牛乳をついで持って行ってやると、靴屋の藤猫がうまそうに舐めるのを、ノラは傍から眺めていて、妨げもしなければ、自分が飲もうともしない。

しかし靴屋の藤猫でない外の猫が庭へ来るとノラは怒るらしい。追っ払おうとするのだろうと思うけれど、その実力はないので仰山《ぎょうさん》な声をするだけで結局は逃げて帰る。

よそから来る猫の中に、一匹すごく強いのがいて、玉猫でこわい顔をしている。ノラはその猫には丸で歯が立たないらしい。一声二声張り合っている内に、いつでもギャッと云わされて逃げて来る。

夏の暑い日の昼間、ノラは茶の間の間境《まざかい》の廊下の隅で、壁にもたれる様にして昼寝をしていた。突然猫の悲鳴が聞こえて、どたばた大変な物音がするから、驚いて茶の間から私が飛び出して行くと、いつの間にかその玉猫の悪い奴が、暑いので開け放しにしてあったお勝手の戸口から家の中へ這入り込み、いい心持ちに昼寝をしているノラの多分腰のあたりへ噛みついたのだろう。ギャッと鳴いて跳ね起きたノラを追っ掛け、廊下の突き当りの洗面所の下で団子の様になって揉み合った末、ノラが戸が開いていた風呂場へ逃げ込むのをまだ追って二匹共外へ出てしまった。

中の間にいた家内が飛んで来て、ノラの加勢に馳けつけたが、もうそこいらにいなかった。廊下や風呂場の簀子《すのこ》にノラが引っ掛けたと思われる苦しまぎれの刹那《せつな》小便《しょうべん》の痕が点点と散らかっている。無心に寝ているノラをいじめた悪い奴に非常に腹を立てたが、家内は一層憤慨して、いつだってノラをいじめている挙げ句にこんな事までした。もう勘弁しない。これからは見つけ次第、引っぱたいて、突っついて、追っ払ってやると云った。

ノラは悪い奴の追跡から逃げのがれて、じきに帰って来た。家内はすぐに抱き上げ、頬ずりしていたわりながら、怪我はしなかったかと方方調べている。抱いたノラの胸がこんなにどきどきしていると云って可哀想がった。

家内は悪い奴の声を聞き覚えている。ノラがうちにいる時でも悪い奴がよその猫と喧嘩する声がすると、出て行って追っ払う。ノラが外に出ている時悪い奴の声がしたら、何をしかけていても投げ出して、長い物干竿を持ち出し、その現場へ行って悪い奴を突っつく。ノラはうちの庭から外へ行かないので、大概家内の加勢が効を奏する。いつもそうするので、しまいには家内が出て行っただけで、悪い奴はその姿を見て逃げてしまう。ノラは自分が強くなったのかと思っていたかも知れない。

ノラは子供の時おなかをこわして、洗面所の前で不始末をした事がある。自分の垂れたべたべたした糞《ふん》を足拭きの切れの中に包み込んで、と云うのは砂の上にした時の要領で後脚で切れを蹴ったから包んだ様な事になったのだろうと思うけれど、大いに信用を害して後始末をした家内から叱られた。

それから後はふんし箱の砂の中へする事をよく覚え、二度としくじった事はなかったが、あんまり覚え過ぎて、しなくてもいい時にもする様になった。外から帰って来ると、急いでお勝手の狭い土間に置いてあるふんし箱の砂の中へ小便する。うちへ帰ってからしなくても、外にいくらもその場所はあるのだから、済まして帰ればいいのに、と家内がこぼす。さっき砂を代えたばかりなのにまた新らしくしなければならない。本当に事の解らない猫だと云う。

そうして砂だらけの足で上がって来たお勝手の板場や廊下を帚《ほうき》で掃いている。

外へ出て行く時も同じ事で、砂箱にしゃがんでいると思うと小便をして、ちゃんと砂をかけて、そうした上で庭へ出て行く。庭へ行くなら庭でしたらよさそうなものを、と家内がぶつぶつ云いながら又砂を代える。

食べ物は、初めの内は私共の食べ残しを何でも食べていたが、一昨年の晩秋、まだ極く子供の時に風を引いて元気がなくなり、何も食べなくなったので私共が心配した。大磯の吉田さんの所へよばれて行った時の事なので、その前後をよく覚えている。家内が可哀想がって抱きづめにした。バタと玉子とコンビーフを混ぜて捏ね合わせた物を造って食べさしたら、なんにも食べなかったのにそれはよく食べた。それから元気になった。

ノラはこの世にうまい物があると云う事をその時初めて知ったかも知れない。

猫にやる煮魚は薄味の方がいいと云う事を聞いて、別に薄味に煮てやる様にしたが、煮たのより生《なま》の方がいいと又教わったので、生の儘やる様にしたら大変よろこんで食べる。猫を飼った経験がないので、そう云う事はよく解らないが、いわしは好きでないらしい。小あじの筒切りばかり食う。ノラは与えた食べ物をお皿の外へ銜《くわ》え出す事をしない。辺りをちっともよごさずに、お皿の中だけで綺麗にたべる。

和蘭《オランダ》チーズの古いのがあったから、細かく削って御飯に混ぜてやったら大変気に入って、いつ迄もそれを続けた。丸い赤玉のチーズが無くなってしまったので、新らしいのを買って、又削って食べさした。

その内に御飯はあまり食べたがらなくなった様だから止めて、専《もっぱ》ら生の小あじの筒切りと牛乳だけにした。小あじは大概魚屋にあるけれど、うちへ来る魚屋に小あじがない日もある。そう云う時は近くの市場のいつも薬を取っている薬局に頼んで、同じ市場の中の魚屋から買って来て貰ったり、近所のアパートから区役所へ通っている未亡人に帰りの通り路の魚屋から買って来て貰ったりして間に合わせる。

生の小あじの筒切りのお皿の横に牛乳の壺が置いてある。彼は大概あじの方を先に食べて、それから後口に牛乳を飲む。一合十五円の普通の牛乳では気に入らない。どうかすると横を向いてしまう。二十一円のガンジイ牛乳ならいつもよろこんで飲む。生意気な猫だと云いながら、ついつい猫の御機嫌を取る。

その他、カステラや牛乳の残りでこしらえたプリンは食べる。ノラの一番好きなのは、いつも取る鮨屋の握りの玉子焼であって、屋根の様にかぶせてある半ぺらを家内が残しておいて、後で与える。ノラは私共が何か食べていても決してその手許をねだる事はしない。後で与えるまで待っている。

こちらが済んで家内がお勝手に出て、流しの前の小さな腰掛に腰を掛け、さあお出でと云うとよろこんでその膝に両手を掛け、背伸びする様な恰好で長い尻尾を突っ立てながら、家内の手から玉子焼を千切って貰ってうれしそうに食べる。鮨屋の玉子焼は普通に家でつくるのと違い、河岸から仕入れて来る魚のエキスの様な物の汁が這入っているのだそうであって、猫の口にはうまいに違いない。そのよろこぶ様子が見たいので家内はいつでもノラの為に残して置く。

しかし鮨屋が出前の桶を届けて来て、ノラが坐っているお勝手の板場に置いても、ノラはそれに手を出した事はない。お勝手の棚にも上がらない。魚屋が届けて来た切り身が棚にあっても、ノラがそれを持って行ったと云う事は一度もない。

つまり食足りて礼節を知ったのだろう。落ちつき払って、動作がゆっくりしていて、万事どうでもよさそうな顔をしている。考え込むと云う事のある筈はないが、一所にじっと坐り、何だか見つめて、学生が語学の単語の暗記をしている様な顔をしている事もある。

家内が手洗いに立つと必ずついて行って、戸口の外の廊下に坐って待つ。変に食い違った森蘭丸だと思う。出て来れば、さもさも待っていたと云う風に大袈裟な伸びをして、欠伸をして、後をついて歩く。

家が小人数だから、食べ物の遣り繰りは利かない。猫が食べなければその始末は私共がしなければならない。小あじを買い過ぎて残ったとなると、ノラにそう沢山押しつけても食べるものではないから、結局私共が酢の物にしたり天婦羅にしたりして頂戴する事になる。鮨屋の出前持ちがノラと昵懇《じっこん》なので、これをノラちゃんに上げて下さいと云って、身つきのいいあらを持って来てくれた。家内が煮て与えたらちっとも食わない。しかし大変いいあらなので勿体ないから、もう一度人間の口に合う様な味に煮なおして、私と家内でしゃぶった。

私は去年の内に二度、春と秋に九州へ行った。そのどっちの時であったか、又行きか帰りかもはっきりしないが、多分帰り途だったと思う、糸崎か尾ノ道かの辺りで寝台でよく眠れなくてうとうとしていた。夢ではなく、ぼんやりした頭でそんな事を考えたうつつだったかも知れない。通過駅の駅の本屋《ほんおく》の右手に物置か便所かわからないが小さな建物があって、そこの小さな、半紙判ぐらいな硝子窓にノラの顔が写っている。

非常に心配になって目が冴えてしまった。留守の間にノラがどうかしたのではないかと案じながら東京に帰って、東京に著《つ》いたらすぐにステーションホテルに寄る事にしていたので、クロークの電話で家へ今帰った事を伝え、同時にノラはどうしているかと尋ねたら無事で元気だと云うので安心した。

家へ帰って行くと、ノラは私を何日振りかに見て、ニャアニャアと幾声も続けて鳴いた。

元気でふとっていて何も心配する事はなかった。段段に大きくなり、おとなになった。家の中にいればのそりのそりしているけれど、庭へ出るとあっちこっちを非常な速さで馳け廻り、その勢いで一気に梅の木の幹を攀《よ》じ登ったりする。運動は不足していないだろう。そうして次ぎ次ぎにうまい物の味を覚え、贅沢になって猫の我儘を通している。目に見えて毛の光沢《つや》がよくなり、目が綺麗になり、目方は掛けては見ないけれど一貫目以上、後には一貫二三百匁はあると思われる様になった。

そうして去年の秋に生まれて初めての交尾期に入った。つまり、さかりがついたのである。家の中にいても業業しく騒いで外へ出たがる。家には猫専用の出入口がないので、それを造ればよその猫が這入って来る恐れがあり、這入って来ればノラと違って小鳥に掛かるかも知れないから造らなかったが、その為にノラの出這入りには一一こちらで戸を開けたり閉めたりしなければならない。出たい時は出たい様にせがむ。帰って来ればお勝手の戸をからだで押す様にして、軽くどんどん音をさせる。同時にニャアと云う。開け方が遅いと、這入る時にニャオと鳴いて遅いじゃないかと云うらしい。夜になって帰って来る時は、よく書斎の窓の障子の外に攀じ登って、書斎の次の中の間で机に向かっている私に声を掛ける。ニャアニャアと云うから起って行って、障子を開けるとそこに待っている。しかしそこから座敷を通ってお勝手へ行く事はしない。

「ノラや、帰って来たのか。あっちへお廻り」と云って障子を閉め、お勝手の戸を開けに行く間に彼は縁の下を斜に走って、もうお勝手口へ来ている。

仕事をしている時、何遍起たされたか解らない。書斎の窓へ上がるのは、庭から帰って来る時だろうと思う。

初めてのさかりがついた時は、その出這入りが頻繁で、猫のサアヴィスに起ったり坐ったりしなければならなかった。

そんな時でもノラは仲好しの靴屋の藤猫と一緒に行動している。よく喧嘩をしないものだと思うけれど、一匹の雌猫を挟む様に坐り込んで、両方ともいい気持らしい。

一寸でも手を出そうとすると雌が怒って大変な声をする。「何をするのさ、このいけすかない青二才だよ」と云って引っ掻く。ノラは鼻の先を引っ掻かれて帰って来て、家内に何か薬で手当をして貰った。

その時のさかりでは、ノラは恐らく得る所はなかったのだろうと思う。それから寒い冬になり、ノラは家の中にいる事が多くなった。煖炉があるのでお勝手や廊下も余り寒くないし、又風呂場の湯槽の蓋の上には、いつもノラが寝る座布団が敷いてある。中のお湯のぬくもりでその座布団はいつでもほかほかと温い。その座布団にノラが寝ている上から、家内が風呂敷の切れの様な物を持って行って、掛け布団の様に掛けてやり、首だけ出してすっぽり包む。ノラはその儘の姿で寝入って、下の座布団と上の風呂敷の間から、両耳をぴんと立てて真面目な顔をしているのが可笑しい。私が湯殿に掛かっている手拭で手を拭く為に戸を開けると、眠っているノラが薄目になって半分目をさまし、眠たそうな声でニャアと云って私の気配に挨拶する。或はくるりと上半身だけ仰向けになる恰好をして、顋《あご》を上に向けて、そこを掻いてくれと云う風をする。

そのつもりで戸を開けたのではないが、向うがそんな恰好をすれば、つい簀子《すのこ》を踏んでノラの傍へ行き、寝ている頭を撫で、頸筋から背中をさすってやりたくなる。

さすりながら顔を寄せて、

「ノラや、ノラや、ノラや」と云う。別に寝ている猫を呼んで起こそうと云うつもりではない。もとの低い物置小屋の屋根から降りて来た野良猫の子のあんなに小さかったノラが、うちで育ってこんなになっている、それが可愛くて堪《たま》らない。「ノラやノラやノラやノラや」と云って又さすってやる。

お正月が過ぎて二月初めの節分前後になると、又猫のさかりが始まったらしい。庭の向うや塀の上で、よその猫が変な声をし出した。すでに一度目のさかりを経験しているノラは、家の中や風呂蓋の上にばかり落ちついてはいられなくなったらしい。

外には身を切る様な冷たい風が吹いている時、ノラがお勝手口の出口の土間に降りて、ニャアニャア云って出て行こうとする。

「お前行くのか、この寒いのに」と云って家内はノラを抱き上げ、目糞がついているると云って硼酸《ほうさん》で眼を拭いてやってから、戸を開けて外へ出した。

中中帰って来ない事もあり、すぐ帰る事もある。帰って来ると家内はノラの足を濡れた雑巾で拭く。いつもそうするからノラも馴れていやがらない。小あじを食べ、牛乳を飲んですぐに風呂場の湯槽の蓋の上へ上がる事もあるし、家内に抱かれて合点の行かぬ顔をしている事もある。

「いい子だ、いい子だ、ノラちゃんは」

家内が抱いた儘お勝手から廊下を歩き廻る。顔を近づけると頰っぺたを舐める。或は抱いている家内の手頸を軽く嚙む。そこへ私が顔を寄せると、ざらざらした舌で私の頰っぺたまで舐める。

私の所は何年も前から、夕方暗くなると門を閉めてしまう。閉まっていても門を敲《たた》いたり、閂《かんぬき》をこじたりする客が時時ある。今年の二月初め、節分の前日にその門柱に瀬戸物の標札を打ちつけた。

春夏秋冬　日没閉門　爾後ハ急用ノ外オ敲キ下サイマセヌ様ニ

と書いた。しまいの所を、猫ノ外ハオ敲キ下サイマセヌ様ニとしようかと思ったが止めた。ノラは夜になってからでも出這入りするけれど、門を敲いたり、こじたりする必要はない。書斎の窓に上がって私を呼び出してもいいし、門から帰るなら門を攀じ登って、郵便受けの箱の上から屏に上がり、その上を伝って洗面所の前の木戸の所で、家の者の気配がすればそこでニャアニャア云ってもいいし、いつものお勝手口へ廻って、からだで軽く戸を押してもいい。いつでもすぐに開けて貰える。

冷たい風が寒雨を吹きつけた晩、ノラは家内が「およしよ」と云うのを聞かずに出て行った事がある。中中帰って来ない。十二時過ぎても一時になっても帰って来ない。まだ帰らないかと思ってお勝手の戸を開けて見ると、肌が凍る様な雨風が吹き込んだ。

その晩は、私はいつもの通り遅く迄夜更しをしていたが、到頭帰って来なかった。一晩じゅう帰らなかったのはその時が初めてである。

しかし朝になって、お勝手に家内の気配がしたら、すぐに帰って来た。どこにいたのだろうと家内と話し合ったがわからない。雨がひどかったので、うちの廂の隅か縁の下にでもひそんでいたかも知れない。いくら寒くても、その時はそうしなければならない猫の必要があったのだろう。

二

三月二十七日水曜日
快晴朝氷張るストーヴをつける。
午後三時起四時前離床。昨夜は夜半二時過ぎに寝て今朝方六時から九時迄寝られなかったが、その後に熟眠してこんなに遅くなった。

三月二十八日木曜日
半晴半曇夕ストーヴをつける。夕方から雨となり夜は大雨。
ノラが昨日の午《ひる》過ぎから帰らない。一晩戻らなかった事はあるが、翌朝は帰って来た。今日は午後になっても帰らない。ノラの事が非常に気に掛かり、もう帰らぬのではないかと思って、可哀想で一日じゅう涙止まらず。やりかけた仕事の事も気に掛かるが、丸で手につかない。その方へ気を向ける事が出来ない。それよりもこんなに泣いては身体にさわると思う。午前四時まで待った。帰って来たら、「ノラや、帰ったのか、お前どこへ行ってたのだい」と云いたいが、夜に入って雨がひどくなり、夜更けと共に庭石やお勝手口の踏み石から繁吹《しぶ》きを上げる豪雨になって、猫の歩く道は流れる様に濡れてしまった。

三月二十九日金曜日

快晴夕ストーヴをたく。

朝になってもお天気になっても、ノラは帰って来ない。ノラの事で頭が一ぱいで、今日の順序をどうしていいか解らない。夕方暗くなり掛かっても帰って来ない。何事も、座辺の片づけも手につかない。夜半三時まで、書斎の雨戸も開けた儘にして、窓の障子に射す猫の影を待っていたけれどノラは帰らなかった。寝るまで耳を澄ましてノラの声を待ったがそれも空《むな》し。

一昨日二十七日にノラが出て行った時の事を更《あらた》めて家内から聞いた。

私はその日は午後三時頃まで眠っていたが、私が寝ている間に、お午頃は家内はお勝手でノラを抱いていたそうである。その時ノラは昨夜から残してあった握り鮨の屋根の玉子焼を貰って食べた。一たん風呂場へ這入って寝て、暫らくすると、二時頃家内が新座敷でつくろい物をしている所へ来て、板敷から片脚を畳の上へ出し、滅多にした事がない程畳の上へ伸ばして、家内の顔を見ながら大きな声でニャアと云った。

「行くのか」と云って家内が起ち上がろうとすると、先に立ってもう出口の土間に降りて待っている。家内は戸を開けてやる前に土間からノラを抱き上げ、抱いた儘で戸を開けて外へ出たが、物干場の方へ行くのかと思ったからそっちへ一足二足行くとノラは後ろの方を見て、反対の方へ行きたがる様だから抱いた儘そっちへ行き、洗面所の前の木戸の所からノラがいつも伝う屏の上に乗せてやろうとしたら、ノラはもどかしがって、家内の手をすり抜けて下へ降りた。そうして垣根をくぐり木賊《とくさ》の繁みの中を抜けて向うへ行ってしまったのだと云う。

三月三十日土曜日

薄曇後曇風吹く。未明近く雨。

昨夜は三時に床に就いたが丸で眠られない。ノラの事ばかり気になって、じっとしていられないから五時に起き出した。

七時半過ぎ家内は土手へノラが死んでいないか見に行ったが何もなかった由。玉子酒を飲んで寝なおして午後三時半に起きた。ノラは帰っていない。

毎日私が泣いて淋しがるので、家内がだれかに代る代る来て貰って一緒に御飯を食べる事にしてはどうかと云う。その気になって今日は平山君に来て貰った。

食膳の上は、一献中はまぎれたが、彼が帰った後、もうこの時刻では今夜もノラは帰って来ないだろうと思う。可哀想で淋しくて堪らない。

ノラが帰らぬ事で頭の中が一ぱいで、やり掛けた仕事の事も考えられないし、私の様な身体はこんな状態が続いてはもたないと思う。しかしどうしても自ら制する事が出来ない。寧《むし》ろこの上は身体の事仕事の事等に構わず、ただノラが帰るのを待ち、又帰る様にノラを探す事にする。その方が気持がらくだろう。

三月三十一日日曜日

快晴風吹く。

昨夜は三時に就褥したが矢張り寝られず四時過ぎから起き直る。一寸した物音が一一気に掛かり、ノラが帰ったのではないかと思って起って行って見る。よその猫の鳴き声も耳について気が疲れる。

うちの魚屋に小あじがない時は、時時ほかで買って来て貰うと前に書いた区役所の未亡人はお静さんと云う。お静さんに頼んで心当りの近所を探して貰った。家内はノラの仲好しの藤猫を飼っている靴屋へ様子を聞きに行ったりしたが解らない。靴屋へは昨日の朝も土手を見に行った時に寄って、そこの藤猫が四日間家に帰らなかったが今朝帰ったと云う話を聞いて来た。その時主人も顔を出して、おかみさんと一緒に、御心配で御座いましょうと云ったと云う。そう云ってくれる親切が難《あり》有《がた》い。しかし猫の事でそう云う挨拶を受けるのは少し可笑しくもある。

今日も空しく待って又夕方になり薄暗くなった。気を変えようと思っても涙が流れて止まらない。二十八日以来あまり泣いたので洟《はな》を拭いた鼻の先が白くなって皮が剝けた。猫の事で方方へ電話を掛けて意見を聞いているが、今夜は矢来《やらい》の某氏と大森の某女史に色色と教わった。

どこにいるか、いないか解らないノラに或は聞こえやしないかと思って、書斎や洗面所の窓を用もないのにわざわざ音を立てて開けたてする。そうしてのぞいて見て、見廻したそこいらにいないと涙が出る。或はその内いつか帰って来るかも知れないと思うのは、猫好き、猫を飼った経験のある家に問い合わせているが、皆口を揃えて必ず帰って来ると云うから、こちらもそう思いたい。しかし先の事でなく、今すぐ帰って来なければいけない。いつものお勝手の戸にぶつかってニャアと云うか、夜になってからなら中の間で仕事をしている時何度もそうして私を起たせた様に、書斎の窓へ帰って来て、可愛い声で人を呼んでニャアと云うか、或は洗面所の窓の外の木戸の柱に攀じ登ってニャアニャアと云うか、なぜ今夜もそうして帰って来ないのか。そう思うから又書斎の窓を開けて見る。夜半過ぎの風が吹き込むばかりでノラはいない。

或る製薬会社から送って来た精神神経鎮静剤の試供品をのんで寝ようかと思うけれど、それが利いてぐっすり眠り込むと、ノラが帰って来てもその物音や鳴き声が聞き取れないかも知れないと考えて躊躇する。

三

四月一日月曜日

快晴ストーヴをつける。

ノラは未だ帰らない。人に聞いた話や近所の猫の様子等から、或は無事に帰って来るかとも思う。しかしふだんのノラの習性や食べ物から考えると疑わしくもある。こちらでいくら心配しても、猫には猫の社会があるだろうと考えたい。こないだかからそう考えたいと思っているけれど、それには先ずノラが無事である事が先決である。それが解らないから矢張り心配する。

今日も夕方になったが、なおノラは帰らない。方方の窓でエヘンエヘンと咳き払いをする。或はノラが私の咳き払いの声を聞いて帰って来ないかと思う。

今夜は少し早目に寝ようと思ったが、矢張りそうは行かない。夜半過ぎ三時迄ノラの鳴き声、物音を待った。仕事をしている時なら三時は珍らしくないが、一日じゅう何もせずにただノラを待って、夜が更けて、淋しいなりに枕に頭をつける。今頃ノラはどこにいるのだろう。あの合点の行かない顔をして、どうしているのだろう。

四月二日火曜日
快晴。夕方も快晴。
昨夜は三時に寝たが五時に目がさめた。髪の毛の様な細いかすかな声でノラがニャアと云った様に思われた。空耳かと思いながら耳を澄ましていると、もう一声同じ声で鳴いた様な気がしたので起き出して、勝手口を開けて見た。もう夜が明けた所で、そこいらに灰色の陰はあるけれど、どこ迄も見えるがノラはいない。それから寝られず。

一体家のまわりに、よその猫も野良も一匹もいない。丸で猫の気がなくなった。一匹あぶれた様に鳴いていた雌もどこかへ行ってしまった。家内はノラが出て行くのが一日遅かったら、この雌に構って遠くへ行かなかっただろうと残念がった。その雌もいなくなった。

今日も日暮れになって外が暗くなっても、夜半を過ぎて三時になってもノラは帰って来ない。出て行ってから今日でもう一週間経った。

四月三日水曜日

快晴風そよぐ。ストーヴをつける。

今日もまた蚊の鳴く様な声でニャアニャアと云っている様な気がして五時に目がさめた。耳を澄ますとその鳴き声が非常に規則正しく繰り返すので、何だかわからないがノラではないと思う。

ノラと同じ日からいなくなったと云う近所の八百屋の猫もまだ帰って来ないと云う。そう云う話に一縷《いちる》の望みを託す。夕方暗くなりかけると又堪え難い気持になる。明かるくても暗くても猫に取っては同じだと思うけれど、こちらの気持で夕方は悲しい。窓に影が射し、勝手口に物音がするのを待ちながら、夕盞《ゆうさん》を始める。十時半頃になって今頃はこの三畳の茶の間と廊下の境目にノラはよく来て坐っていたと思う。その姿や様子が目に見える様な気がする。人の穿くスリッパアを占領し、その上に坐って、その内に居睡りを始める。暫らくすると膝を屈げ、香箱を造って寝入る。人の出這入りで目をさませば、大きな欠伸をして、四つ足を突っ張って伸びをする。今頃はどこのどんな所であんな顔をして居睡りをしているのだろうと思う。

四月四日木曜日

快晴

昨夜は未明四時過ぎに枕に頭をつけたが、漸く朝六時頃から眠った。眠りつく迄ノラの事で非常に気持が苦しかった。これではもう身体がもたぬと思う。昼間じゅう寝て四時過ぎに起きた。夕方平山からの電話の時、猫捕りに持って行かれたのではないか、居酒屋のあすこのおやじさんがそう云ったと云う。それは今まで考えなかった事ではないが、そう云われて又悲しくなり、暗くなるまで声を立てて泣いた。何の根拠でそんな事を云うのか。馬鹿が、もう殺された猫をまだ探していると云うのか。そうかも知れないけれど、そんなあやふやな事を、知らない事もない今の私に伝えてどうしようと云うのだろう。

淋しいから清兵衛さんに来て貰おうと思う。頼もうと思ったがもう電話先にいなかった。しかし後で聯絡がついて十時過ぎてから来てくれた。夜半二時頃彼が帰った後矢張り淋しくなり、いつもノラが眠っている様な眠っていない様な顔をして茶の間の境目に坐っている俤《おもかげ》を思い出し、到底堪らないから又泣いて制する能《あた》わず。

四月五日金曜日

晴薄日半曇。ストーヴをつける。

何をする気力もなく、座辺の物を動かすのも面倒臭い。ノラは今どこにいるのか。

うちへ帰れなくなったのか。

彼がいつも帰って来ると、お勝手の土間から上がったら真直ぐに茶の間の襖の所まで来る。その通り路に小あじや牛乳が置いてあっても先ずこっちへ来て、顔を出して一声ニャアと云う。私に向かって「只今」と云っている様に思われる。襖が閉まっていて中が見えなくても、ノラはその順序を省略しない。襖へ顔をぶつける所まで一たん来てから引き返す。

それから小あじや牛乳の所へ行く。

思い出すまいと思っても、つい思い出す。今日は夕方暗くなる頃から平山に来て貰う様に頼んである。

四月六日土曜日
快晴
もうノラが帰って来る見込みは薄くなった様に思う。ノラが出て行った翌《あ》くる日の晩の大雨が恨めしい。あの雨で道が濡れて帰って来られなくなり、その儘迷い猫になったのではないか。どこか、知らない家の勝手口から這入って、腹がへっているのでその家の人に、いつもの様な様子でニャアニャアと食べ物をねだっているのではないだろうか。そう云う事を思うと可哀想で堪らない。夕方平山と小林君来、清兵衛も来たり加わる。皆私の為にお膳に加わってくれたのである。

朝日新聞の案内広告に猫探しの広告を出そうと思う。その文案を作った。

迷猫　麹町界隈薄赤の虎ブチに白

尻尾は太く先が曲っている

お心当の方はお知らせ乞猫戻れば

乍失礼呈薄謝三千円電33 a b c d

四月七日日曜日

快晴

朝六時前、書斎の窓が音がした様な気がした。すぐに起き出して見たが、ノラが帰ったのではない。

昼間私が寝ている間に、平山と菊島が二人で界隈を探し歩いてくれた。

ノラが風呂場の湯槽《ゆぶね》の蓋の上に寝ている時、いつも行って頭を撫で頤の裏を掻いてやった事を何べんでも思い出す。ノラやノラやノラやと云うと、グルグル咽喉を鳴らして頤を伸ばす。ノラの頭に顔をくっつけて、ノラやノラやノラやと云いながら、もう今はないもとの低い物置の屋根から降りて来た初めの頃を思い出して可愛くて堪らなかった。或はもう帰って来ないのではないか。

平山と菊島が朝日新聞社へ、昨日書いて置いた案内広告の原稿を持って頼みに行く行きがけに近所の行きつけの床屋へ寄って、同文の張り紙を貼って貰う様頼む事にした。

二人がその事で出掛ける前、知らない女の子が二人来て猫の消息を知らせた。さっき道ばたで頼んだ反響である。又どこかのお婆さんが来て、そこの番町学校の前の空地に似た様な猫が死んでいると知らせた。家内が菊島とすぐ見に行ったが、違っていたそうである。

それから平山菊島二人が出掛けて、夕近く帰って来た。新聞に案内広告が載るのは四月十日だと云う。

一緒にお膳についた。一献している間も何だか引き寄せられる様に又風呂場へ行きたくなり、行けば又泣き出す。ノラが帰らなくなってからもう十日余り経つ。それ迄は毎晩這入っていた風呂にまだ一度も這入らない。風呂蓋の上にノラが寝ていた座布団と掛け布団用の風呂敷がその儘ある。その上に額を押しつけ、いないノラを呼んで、ノラやノラやノラやと云って止められない。もうよそうと思っても又そう云いたくなり、額を座布団につけて又ノラやノラやと云う。止めなければいけないと思っても、いないノラが可愛くて止められない。見っともないから泣き顔を隠したいと思うけれど、隠し切れぬ儘で又二人の前に戻る。

四月八日月曜日

快晴

朝五時半庭で雄猫が喧嘩する声で目がさめた。その一方の声がノラにそっくりなので帰って来たかと思い、家内も目をさまして起き出して見に行った。屏の上に二匹いたがノラではなかった由。

午後二時前に起きた。目がさめる直前の夢に、ノラを抱いているとノラは薄ぎたなくよごれた両手を前に出して、子供がする様に家内に行こうとした。いつ迄もその夢が尾を曳いて、しまいには夢ではなかった様な気がし出した。

四時半過ぎ家内がお勝手にいたら、しゃがれた声で二声ばかりニャアニャアと鳴いたので、あわてて外へ出てそこいらを探したがいなかったと云う。飲まず食わずでいればあんな声になるだろうと云う。気に掛かるので私も庭へ出て二人で隅隅まで探したがいなかった。

夕菊島と小林が来てくれた。

ノラが小さい時、横の物置の戸の小さな穴から出たり這入ったりした。食べ物をそこへ持って行ってやり、蜜柑箱の中に寝床を造ってやったりした時の事を思い出す。秋が段段寒くなり、小さなノラが風を引いて可哀想で大騒ぎをしてなおしてやった。その時家内がノラを抱いてばかりいたのがきっかけで、ノラはこっちで住む様になった。今ノラはどこにいるのか。ノラを待って、ノラが帰らぬ儘で毎晩寝るのがつらい。

ノラがいつも遊んでいた庭は、昨日今日あたりが花盛りである。ノラは庭から外へあまり出なかったので、いれば花を散らして飛び廻っているだろう。彼岸桜は少し前から咲いて居り、それに吉野も咲き始めた。ゆすら、雪柳、ぼけ、山吹、桃も桜と同時に咲き出した。その他、芽ぶき柳、から松の新芽等、家内が一一それを私に知らせる。それがうるさくて仕様がない。つい目を上げて庭を見て、咲き盛った花を見ると、何だかげえげえ云いそうな気持がする。

私があまり気を腐らしているので家内も持てあますらしい。「尻尾を引っ張ったり、仰向けに踏んづけたり、いじめてばかりいるから、それ程可愛がっているとは思わなかった」と云った。

四

四月九日火曜日

快晴

昨夜は明け方の四時に就褥したが、うとうとしただけで終《つい》に眠られず、寝ていてノラを風呂場の座布団の上で抱いている様な事ばかり思う。起き出して風呂場へ行きたくなるのを辛うじて制した。

もう気をかえなければいけない。今日で十四日目である。今に身体がどうかなるにきまっている。

夕平山来。麴町界隈の見当の床屋及びパアマネント屋等に張り出して貰う文案を、今朝電話で云ったのを半紙に数枚書いて来てくれた。その文案は次の通り。

猫ヲ探ス

その猫がいるかと思う見当は麴町界隈。三月二十七日以来失踪す。雄猫。毛並は薄赤の虎ブチに白毛多し。尻尾の先が一寸曲がっていてさわればわかる。鼻の先に薄きシミあり。左の頬の上部に人の指先くらいの毛の抜けた痕がある。「ノラや」と呼べばすぐ返事をする。お心当りの方は何卒《なにとぞ》お知らせを乞う。猫が無事に戻れば失礼ながら薄謝三千円を呈し度《た》し。

電話33 a b c d

一時頃平山が帰った後、もう色色の事を考えまいと思っているけれど、つい頭に浮かんで涙が止まらない。家内がお勝手でノラを抱いて、「いい子だ、いい子だ、ノラちゃんは」と歌う様に云いながらそこいらを歩き廻ると、ノラは全く合点の行かぬ顔をして抱かれていた。その様子の可愛さ。思い出せば矢張り堪らない。

四月十日水曜日

快晴ストーヴをつける。夜小雨。

夜半二時半過ぎて寝て四時半頃何かの物音で目がさめた。まだ外は明かるくなっていないだろう。毎日日暮れと今頃の夜明けが一番つらい。

夕平山と菊島来。近所の新聞配達店へ折込み広告の事を聞きに行き、それからこの前頼みに行った行きつけの床屋へ廻って、近所の方方の床屋へ昨日平山が書いて来た掲示を廻してくれる様頼んで来た。

新聞の案内広告は関係のない範囲にまで広がるだけで利き目が薄いから、今度はこの界隈に配る配達店の折込み広告にしようと思う。

週刊新潮の告示板の欄にも出そうと思って、一旦そのつもりになったが、止めた。

四月十一日木曜日
曇　風吹く。
昨夜はずっと起きていて、朝の五時半、明かるくなってから寝た。床に就く前から何となくノラが帰って来る様な気がし出した。午後の二時に起きたが、夕方になると矢張りどこへ行ったのかと思う。書斎の窓を開けてノラやノラやと呼んで見る。さわさわと風が吹くばかりでノラはいない。

夜が更けて、もう寝なければならない。寝る前になるとノラがいないのが堪えられなくなる。今頃はどうしているのだろうと思って涙が止まらない。

四月十二日金曜日

曇後春雨。夕方から大雨になる。

昼間寝て夕方近く起きたが、昨日から今日へ掛けて同じ事ばかり思い返す。家内がノラを抱いて、茶の間の襖を開けて見せに来る。ノラはこちらを見る事もあり、そっぽを向いている事もある。そっぽを向いていてもノラやと呼ぶと、家内の前掛けに垂れている尻尾の先を頻《しき》りに揉んだり、尻尾で前掛けを敲いたりする。その様子を思い出し、又繰り返して思う。今日で十七日目である。センチメンタルだとか、感じ方が大袈裟だとか、思い切りが悪いのだとか、色色考えるけれど、どうしても気をかえる事が出来ない。病気なのだと思い出した。昨夜家内との話でそうときめて、今朝早く小林博士にそのおつもりでお手当て下さる様頼んだ。小林博士は明後日来診の予定である。

夕平山来。後から小林君来。小林君に新聞折込み広告の印刷の件を頼み、原稿を渡した。文案は四月九日欄の床屋の張り出しと同じで、ただ末尾に次の一項を加えた。枚数は三千枚。

番町附近デ真黒ナ雌猫ヲ飼ッテ居ラレルオ宅ノ方ニオ願イ申シマス。誠ニ恐縮ナガラ右ノ電話33ａｂｃｄマデ一言オ知ラセ下サイマセンカ。ソノ黒イ猫ニツイテ出テ行ッタ様ニ思ワレマスノデ。

二人が帰った後、寝る前になって、よそうと思っても制する能わず、風呂場に這入りノラのいない座布団に顔をつけてノラやノラやと呼ぶ。もとの物置の屋根からちょこちょこと降りて来る小さかったノラの姿を見る様な気がする。

四月十三日土曜日
曇薄日曇。夜通り雨。夜半十二時頃非常に強く降る。
夕平山来。毎日の事にて誠に済まぬと思う。しかしまだ一人でお膳に向かう勇気はない。
ノラは随分可愛い顔をしていたので、写真に撮っておいて貰おうと思った事がある。
いなくなるなら、写真に撮っておけばよかったと思う。
しかし写真なぞ無い方がよかったとも思う。

四月十四日日曜日
快晴　風吹く
未明四時過ぎに目がさめて眠られない。書斎の窓に音がした様な気がする。しかしいつも一つずつで後がないから違うかと思う。或は風が吹いて何かこすれたのかも知れない。
夕小林博士来診。先日来の事をよく訴えておいた。
夕平山来。矢張り寝る前になると、ノラは今頃どこであんな顔をして寝ているのだろうと思う。或は目をさまして、うろうろしているかと思う。

ノラが茶の間にいる私の方を見ながら、廊下の柱や壁や、家内が通り掛かれば家内の足もとに身体を擦りつける様にして甘えた恰好が目に浮かぶ。

四月十五日月曜日

快晴

ノラの両肩に紐を掛けてつないである所へ家内が行ったら、ノラは家内を見てニャアニャアと続け様に鳴いている。昨夜寝る前にうつつでそんな気がしたのか、寝てから夢に見たのかわからない。

今日は風呂を立てる事にした。家内だけでも這入らせるつもりである。その為に風呂場のノラの座布団を片づけさした。ノラがいなくなってから、それ迄は毎晩這入っていた風呂にも這入らず、顔も二十日間一度も洗わない。今日は顔だけは洗おうかと思う。

夕方近く洗面所の前の屏の上にノラに似た猫がいた。違うとは思うけれど、じっと見ていると似ている様な気がする。痩せて貧弱だが、ノラももうその位は痩せたかとも思われる。余り気になるので家内に追って貰ったら、隣りの庭へ降りて行く後姿の尻尾が短かかったので違う事がはっきりした。

夕顔を洗った後へ清兵衛来。

遅くなって清兵衛の行った後思う。今頃はノラが帰りたいと思ううちへ帰って来る事が出来ないのではないか。猫は家につく犬は人につくと云う。だから猫は引越ししても元の家に残ったり、火事の時は家の中へ這入って行って焼け死んだりするそうである。ノラも帰りたいに違いない。それが帰って来る事の出来ないどんな所にいるのだろう。涙で顔が熱くなった。

四月十六日火曜日

朝薄曇午後曇

昨夜三時に寝たのに四時半に目がさめた。夜明けに目がさめると、頭の中がノラの事で一ぱいで苦しい。

夕平山来。一緒に近所の床屋へ行って、道道ノラの影を探した。

十二時過ぎて平山が帰った後、硝子戸の向うの庭でいつも来る貧弱な雌猫が鳴いているのが、その声が若く調子もノラに似ているので気に掛かり、あれは違うと思い切る事が出来ない。家内を呼んで行って見させた。家内は違うから追っ払って来たと云った。

就褥前又又風呂場へ這入り、すでにノラが寝た座布団を片づけた後の風呂蓋に顔を押しつけて、ノラやノラやノラやノラやと呼びながら、物置の屋根から降りて来た姿を彷彿して涙止まらず。今日の夕刊各新聞に十二日欄記載の折込み広告をした。

四月十七日水曜日

曇雨半曇。風寒し。ストーヴをつける。

朝五時半、突然大雨が降り出した。通り雨だったらしい。もしノラが野天に寝ていたらノラの耳が濡れただろう。そんな事が気になり、以前は雨の音が好きだったのに近頃は楽しく聞けない。

又寝つづけていると八時半頃昨夕の折込み広告に就いて電話が掛かって来たので

目がさめ、ぐずぐずしていられないので起き出した。菊島に頼んでその電話をかけてくれた二松学舎前の某家へ見せにやった。その時猫はいなかったそうだが、どうも話の模様がノラらしく思われるので、午後又菊島を呼んで家内と一緒に見せにやったが、猫がそこいらにいなくて解らなかった。

その他市ヶ谷駅前から法政大学へ行く土手沿い道の一軒からも知らせてくれたので、すぐに菊島に行って貰ったが違っていた。

その帰りに菊島はもう一度二松学舎の前へ行って見たそうだが、家の人の話によるとその猫は頸輪をしていたと云うのでノラでない事を確認した。

夕方近くなって四番町の某家から電話があったので又菊島に行って貰ったが、違っていた。

その後で同じく四番町の別の某家から電話があったから、今度は家内がすぐに馳け出して行ったが、菊島の見に行った某家の隣りだったので、ノラではない同じ猫が隣りから渡っただけの事らしい。

夕方上智大学内の調理場から知らせを受けた。丁度例の行きつけの床屋へ張り紙の事で行っている平山と落ち合う様に打ち合わせて家内が馳け出し、一緒に上智大学へ行ったが猫はいなかった。

その他番町学校内から昨夜と今日と二度電話をくれたけれど、それもノラではない。

一日じゅうその事でくたくたに疲れた。

四月十八日木曜日

快晴

午十二時過ぎ電話の音で目をさました。電話は区役所の平河町出張所とかで、前週末土曜日十三日に麴町六丁目の往来で猫が死んでいたのを、今週の月曜日に片づけた。似ている様に思われるので、或はそうではないかと思いお知らせすると云ってくれた。

或はそうかも知れないが、今までに死んだのを見ても又生きているのを見に行っても、みな違っていた。その上、十三日ではノラが出て行ってから十八日目である。

どうもぴったりしない。

平山の奥さんみち子さんがその六丁目へ廻って、小間物屋の主人に聞いた所では、その人は猫好きで往来で死んだ猫を見たけれど、この印刷物に書いてある猫とは違うと云ったそうである。

山王様の下の交番のお巡りさんが、猫探しの印刷物を見て、十二枚持って来れば方方の交番へ貼ってやると云ったそうで、みち子さんが折込み広告の残りを持って行ってくれた。

夕方多田君が迎えに来てくれて、家内と一緒に山王様の山の茶屋へ行った。小宮さんからよばれていたのである。留守居はお静さんである。お静さんから山の茶屋へ電話を掛けて来て、六丁目の質屋に似た様な猫がいる。今抱いているからすぐ見に来いと云ったそうで、家内が近所の酒屋の娘さんに電話してその間の留守番に来て貰う様に頼み、お静さんが行って見たが違っていた。

その席上、同座の法政大学総長の大内さんが、自分も雄猫ばかり三匹飼っているが、一月ぐらい帰って来ない事は普通です。きっと帰って来ますよ、と云ってくれたのが非常に力になってうれしかった。

四月十九日金曜日
雨曇又時時雨

ノラはまだ帰らない。自制しているけれど時時思い出して涙が止まらなくなる。止むを得ない。

昨日の産経時事新聞に短かい記事でノラの事が出たと云う。それに就いてNHKから明日のお午の放送でノラの事を云いたいと諒解を求めて来た。或はノラ探しの役に立つかも知れないと思い、よろしく頼んだ。

夕方平山来。十二時近く平山が帰った後、矢張り三月二十七日の昼ノラが木賊の所から行った事を思い、お勝手口へニャアと云って帰って来ない事を思い、家内が「ノラちゃんは」と抱いていた事を思い、いつ迄も涙が止まらない。寝る前風呂蓋に顔を伏せてノラやノラやノラやと呼んで泣き入った。

四月二十日土曜日

薄日曇。暖風吹く。通り雨。

NHK十二時三十分の「こんな話あんな話」でノラの事を放送した。家にはラジオがないので、知った家のラジオに電話の受話器をあてて貰って聞いた。

今夕はだれも呼ばずに一人で夕食するつもりであったが、起きて見ると淋しくて到底堪えられそうもないので、又平山を煩わす事にして家内から彼に頼んだ。

夕方新座敷で平山を待つ。通り雨の降ったり止んだりする庭が誠に美しい。いい心持で眺めている内に、今この暮れ残った庭の濡れた石を伝ってノラがとことこと帰って来る様な気がし出した。ついで、こんな濡れた庭でなくお天気の好かった三月二十七日の昼、木賊の中からこの庭の向うに出て、塀を登って行ったのだろうと思い出し、庭を見ているのが堪らなくなって家内に障子を閉めさした。

まだ目が熱い内に平山が来てくれた。

夜半を過ぎ、平山が帰ってから間もなく、十二時四十分に某氏から深夜の電話が掛かって来た。

家内が電話を受けた。

向うの云った事は後で家内から聞いたのだが、家内の返事はその儘聞こえる。

「先生は御機嫌はいかがですか」

「いけませんので」

「猫は戻りましたか」

「いいえ、まだです」

「もう帰って来ませんよ」

「そうですか」

「殺されて三味線の皮に張られていますよ」

「そうですか」

「百鬼園じじい、くたばってしまえ」

暫らくしてから、

「尤もそう云えば僕だってそうですけれどね」

家内が返事をしないので、大分経ってから、「それでは」と云って向うから電話を切ったと云う。

酔余の電話だろうと思う。しかし酔った上の口から出まかせくらい本当の事はない。彼に取って、家でこんなに心配している猫が帰るか、帰らぬかはどうでもいい。

五

四月二十一日日曜日
快晴。夜半から雨降り出してさみだれの如し。
朝しきりに靖国神社境内が気になり出した。ノラがうろついているか、或は死んでいるのではないか。後で思うと今日から例祭が始まり、花火の音が寝ている耳に入ったのかも知れない。
七時頃から目がさめて、もっと寝なければいけないと思っても寝られなくなっているところへ、近所の某氏がノラの事で来てくれてベルを押し、木戸の所で家内と話しているのが気に掛かった。結局眠れないから起き直った。

十時十五分頃電話が掛かって来た。初めよく聞き取れなかった様だが警察署かららしい。麹町五丁目の某と云う家へ行って見ろと教えてくれた。又四丁目の交番からも電話があった。

家内がすぐに馳け出してお静さんを頼みに行った。日曜日なのでお静さんはアパートにいたから早速行ってくれた。

十一時半頃、お静さんから電話が掛かって来た。ノラがいたと云う。

その電話を受けた家内は電話の前で泣き出した。泣きながら、

「ノラ、お前はそんな所にいたのか」と云った。

傍にいる私の耳に猫の鳴き声が電話を伝って聞こえた。お静さんが抱いているのだと云う。抱いた儘で電話を掛けているのだろう。お静さんはよく私の所の留守居をしてくれて、家内もいない時はしょっちゅうノラを抱いているから、お静さんがそう云うなら間違いはない。家内はすぐに連れに行った。

歓天喜地、身の置き所のない思いである。探して待った甲斐があった。このうれしさを何にたとえよう。家内が行った後、電話の前に一人で坐って嬉し泣きに泣い

た。涙で両頰が洗った様になった。しかし泣いても構わない。涙が出ても構わない。滅多に経験した事のないうれし涙である。

もとからノラと仲好しの氷屋の息子が丁度来ていたので、五丁目は近いからすぐに自転車で見に行って貰った。

氷屋はじきに帰って来て、ノラに違いないと云う。もう大丈夫である。

平山に知らせようと思って、呼び出しの電話で呼んで貰ったらみち子さんが出た。日曜日なので子供を連れて出掛けたと云う。みち子さんにノラがいた事を話そうと思ったが、うれし涙にむせて、声が途切れて、口が利けなかった。切れ切れにノラが見つかったと云う事だけを伝えた。

もう大丈夫、明日からと云わず、今すぐから立ち直れると思う。警察署から又電話があって、もうその家へ行ったかと尋ねてくれた。猫探しのビラを見てその手配がしてあると云った。

家内が今その家へ連れに行っている。御配慮に感謝すると御礼を云った。

ノラが帰ったら今度はすぐに頸輪を嵌めなければいけない。出歩くのは矢張り勝手にさせたいが、迷った時に目じるしがなければいけない。頸輪に所番地と、うちの飼い猫だと云う事と、電話番号を入れよう。

まだ知らせなければならない所が方方にあるが、今日は日曜日で役所や会社にいないから、明日にしよう。

中中帰らぬので、少し心配になりかけた所へ、途中から家内の電話で、ノラではないと知らせた。

全身の力も魂も抜けた思いである。気を取りなおして、警察署に電話を掛け、違っていたから手配を解かぬ様にと頼んだ。

平山から電話が掛かって来た。私からノラではなかったと伝えた。子供を連れて白木屋へ行っていたのだそうである。みち子さんが後から馳けつけて、アナウンスで平山を呼び出したが、みち子は非常に興奮していたと云った。おじいちゃんは家でよろこんで泣いていると云った。

夕方平山来。後からじきに石崎来。石崎に私の手ですき焼きを煮て食べさせようと、かねてから思っていた事を実行したのである。今日の様な気持の激動のあった日に当たり、却ってよかったかも知れない。

彼等が帰った後、さみだれの様な雨の音に取りかこまれて、探しそこねたノラはどこにいるかと思う。寝る前一たん閉めた書斎の窓を又開けて、雨の降っている庭に向かい、ノラやノラやと呼んでも雨の音しかしない。

四月二十二日月曜日
雨　時時やみて又降る。

昨夜は枕に頭をつけてから、涙止まらず、子供の様に泣き寝入りをした。雨の音がいけない。

午十二時半過ぎ電話にて番町学校の向う側の町内某家から、初めは黒い雌猫と、後には別の雌と一緒に来る猫がノラに似ていると知らせて来た。家内がすぐに行ったがその時はいなかったので又出なおす事にした。

夕方一番町の某家から、黒い雌と一緒に来る猫が縁の下にいる。一度見に来ないかと知らせてくれたので家内がすぐに行った。中中帰らない。少し心配したがその内帰って来て、その心当りの猫は丁度いなかったが、そこの庭でノラに似た鳴き声を一声聞いた。もう一度鳴けば解ると思ったけれど、もう鳴かなかったと云う。又行く事にして帰って来た。

今晩のお膳は一人で、家内だけが相手である。

四月二十三日火曜日

雨

ひどい寝不足だが、寝直せば今夜が寝られなくなり、雨は降っているし、又非常につらい目を見なければならないだろう。

夕平山と後から小林君来。今夜は一人でないからその間は気がまぎれる。

四月二十四日水曜日

曇時時小雨。夜雨。

朝五時目がさめた時、家内も目をさまして、今ノラの夢を見たと云う。陳列戸棚の様な所の前にノラがいて、家内を見ると急いで家内の方へ来ようとしたと云う。ただそれだけの事だが、急いで来ようとしたと云うのが可哀想で涙が止まらなくて、もう寝られなくなってしまった。あまり思いつめない様にしないと身体がもたぬと思うけれど、どうにもならない。

菊島に電話をかけて、お午の休みに一昨日の一番町の某家へ見に行ってくれる様頼んでおいた。

ノラが出て行ってから今日で二十九日目である。今日帰るか今帰るかと待ちつくして一ヶ月経った。しかしまだ必ず帰って来ると思う。世間にその例がいくつもある事を聞いている。

六

四月二十五日木曜日

雨　時時やみて又降る

もう気をかえ、気分を散らして平静になろうと思う。又是非そうしなければならない。しかしノラの為に為す可《べ》き事は今後とも少しも手をゆるめないで続ける。
一日じゅう頭の工合が悪い。夕方平山来。
もう余り考えまいと思っているけれど、又二三の事が思い出されて、平山の帰った後泣き続けた。

四月二十六日金曜日
晴曇晴曇。夜雨。
今朝も昨日からの続きでくよくよして、涙が流れて困る。夕方近くなり、夜に入れば、一寸したはずみで又新らしく涙が出て、ノラがいつもいた廊下を歩くだけで泣きたくなる。雨の音が一番いけない。

四月二十七日土曜日
雨

ノラがいなくなってからの一ヶ月目はすでに過ぎたが、今日はその同じ日の二十七日である。

十時過ぎノラらしい猫の心当りを知らせる電話が掛かって来た。菊島をすぐよこして貰う様彼の勤め先へ頼んだ。菊島が三番町の某家へ行ってくれたが、全然違っていると云う。

ノラ探しの第二回目新聞折込みの印刷物が出来て来ているので、新聞配達店と麹町警察署といつもの床屋へ菊島に持って行って貰った。今度も印刷枚数は三千である。

今一度

迷い猫についてのお願い

一、その猫は雄。名前は「ノラ」。「ノラや」と呼べば返事をします。

二、からだは大ぶり。三月二十七日失踪までは一貫二三百目ありました。

三、動作がゆっくりしていて逃げ出さない。

四、毛色は薄い赤の虎ブチで背にも白い毛が多く、腹部は純白。
五、尻尾は太くて長い。先の所がカギになって曲がっています。
お見かけになった方はどうかお知らせ下さい。猫が無事に戻れば失礼ながら薄謝三千円を呈したし。電話33abcd

ぐるりの枠に猫が帰るおまじないの「たちわかれいなばの山のみねにおふる、まつとしきかばいまかへり来む」の歌を、赤色の凸版で刷り込んだ。
又この第二回の前に、四月十六日に配った第一回の後、近所の学校の子供に渡す謄写版刷りを造った。子供相手なので、若い菊島に頼んで今の新仮名遣いで書いて貰った。

みなさん
ノラちゃんという猫を
さがしてください!
その猫がいるらしい所は麴町あたりです。ねこの毛色はうす赤のトラブチで白い毛の方が多く、しっぽは太くて先の方が少しまがっていて、さわってみればわかります。鼻の先にうすいシミがあります。左のほっぺたの上にゆびさきくらい毛をぬかれたあとがあります。「ノラや」と呼べばすぐ返事をします。もしその猫を見つけたら、NKNK堂文具店に知らせて下さい。その猫がかえってきたら、見つけた人にお礼をさしあげます。

夕五時過ぎに九段から電話が掛かり、ノラらしい猫がすっかり弱っているので、お魚を煮たり肉を煮たりしてやっても食べないので、こちらから食べさしたら食べた。それで少しは元気がついたのか、今迄お座敷にいたのが今見るといないけれど、探しているから見つかったらお知らせすると云ってくれた。大きな猫で飼い猫に違いないと云った。

今日の夕刊の折込み広告で知らせてくれたものと思う。

ノラが家へ帰れなくなって弱っているに違いないと思われ、可哀想で堪らない。

ノラが迷い猫となっていれば、この猫はどこかの飼い猫に違いないと思って親切に可愛がってくれる家があったとしても、ノラがうちで食べている様な生の小あじやガンジイ牛乳を与えてくれる家はどこにもないだろう。こちらから申し送ったのでない限り、そんな事がある筈がない。ノラはその外の物は常食としては食べなかったから、日が経つにつれ、一ヶ月も過ぎれば段段衰えているに違いない。或はひょろひょろしているかも知れない。そうしてうちへ帰って来る道が解らなくなっているのだとすれば、一日も早く見つけてやる外はない、可哀想で泣き続けた。頭が変になりそうである。

四月二十八日日曜日

曇半晴曇

朝十時過ぎ町内の某邸からノラらしい猫がいると知らしてくれて、すぐに家内が出掛けた。その後三度電話をくれ、家内も結局三度行ったが、三度目にその猫がいたので見たら違っていた。

九段四丁目からも電話で知らしてくれたが、それも違っている様だから見に行かなかった。
頭が痛い。夜はお膳の前にうたた寝をした。起きて寝なおした後、廂のトタン屋根を猫が歩いている様な音がして気になった。

四月二十九日月曜日
快晴
朝八時、猫の電話で目がさめた。いつも来る水菓子屋の近所なので頼んでその店へ行って見て貰ったが、違っている事が解った。
今日は何となく気が軽い。麹町一丁目の知らない主婦から親切な葉書をくれて、その家の雄猫は三十八日目に帰って来たと書いてあった。日かずがはっきりしているのはその間待っていたに違いない。折込み広告には電話番号だけで名前は書かなかったが、ラジオでノラの事を云う時私の名前が出たから、それで宛名がわかったのだろう。夕平山来。

四月三十日火曜日

快晴後薄日。夜半過ぎ三時前から雨。

夕方清水谷公園前の某氏から心当りの知らせを受けた。すでに薄暗かったので明日の聯絡を待つ事にした。もう一つ、上智大学の医務室の辺りに似た猫がいるとの知らせもあったが、その時は暗くなっていたので行って見ても仕様がない。

ノラがいなくなってから今日で三十五日目である。今日は帰るかと待っていて日が過ぎ、毎日晩になった。猫の事その事より自分の心が悲しいのだと思い返す。しかしそう云う風に考えなおして見ても同じ事で、何の慰めにもならない。

ノラが帰らなくなってから初めて今夜、思い切って風呂に這入った。非常に痩せている。二貫目ぐらい減っているかも知れない。衰弱で目がよく見えなくなった。

七

五月一日水曜日

晴、風吹く。午薄日薄曇。午後半晴。
晩のお膳の前でうたた寝をして、目がさめた途端に、ノラはまだ帰らないのかと思う。四十日近く風の音雨の音にノラを待っているのになぜ帰って来ないのだろう。猫一匹の事ではない。ノラがいた儘のもとの家の明け暮れが取り戻したい。制すれども涙止まらず。

五月二日木曜日八十八夜
曇午後も曇後雨
朝になって寝なおして午後目がさめた。目がさめる前、ありありとノラが帰って来た夢を見た。大分痩せて抱き上げると少し爪を出す。牛乳をやるとよく飲んだ。ノラが帰ったのでよろこんでいる内に、今日は横須賀の海軍機関学校へ行かなければならぬ日であった事を思い出し、夢がごたごたして来た。
今日も昨日に続いてノラの事が気になって仕様がない。ノラの事を気にすれば涙が出て泣いてしまう。夕平山来。

五月三日金曜日

快晴。朝寒かったのでストーヴをたき、後消す。

今日も成る可く気を外らそうと思うけれど、つい又ノラの事を思う。家内が「ノラが帰りましたよ」と云うのを想像し、或は庭から、書斎の窓から、洗面所の前の木戸の所から、いつもノラの出入口だったお勝手の戸の外の踏み石の上から帰って来た事を想像する。それが皆そうでないので、そう思った前よりは一層悲しくなる。

五月四日土曜日

快晴午薄日午後半晴。夕ストーヴをたく。

夜家内にノラが出て行った三月二十七日の事を更めて聞き、今日は三十九日目だから或はもう帰らぬのではないかと云う事も考えなければならぬかと話し合って泣いた。

五月五日日曜日

曇薄日。風強し。
夕平山来。彼が帰った後で又ノラは今どこにいるかと思い出す。ノラが出這入りしていたお勝手の戸を、用もないのに一日に何度も気合いを掛けて開けるが、空しく閉めるばかりである。寝る前の最後には、今帰って来いと念じながら開ける。いつも夜風が筋になって吹き込むばかりである。

五月六日月曜日
雨　夕方からストーヴをつける。
朝六時か七時頃薄目になった時、家内が風呂場の戸をはたきで叩いている。今の風呂場ではなく昔の子供の時の志保屋の風呂場かと思ったが、そうでもない。はたきの音の間で、こうしているとノラがニャアニャアと鳴いている様な気がして仕様がないと家内が云った夢を見た。
食膳の話しで、家内が時計の夢を見たと云う。時計の夢は人が帰って来る前兆だそうで、家内は腕時計を一つも持っていない癖に、頻りにいじくり廻していたそうである。それから、はたきではたく夢を見たと云うので、今朝の薄目の時の浅い夢と思い合わせて、ぞっとする気持になった。はたきの夢は三日の内に人が帰って来る。猫が帰ると云う縁起はないけれど、こうなれば同じだろうと云う。何となく明かるい心地がする。

五月七日火曜日

雨

晩の食膳で、確かにノラが鳴いた様な気がしたと思ったら、一両日前から咽喉に故障があって、風邪気味で、喘息が起こりかけている、その咽喉の音であった。

五月八日水曜日

雨、午後上がる。半晴半曇。

赤ぶちの虎斑《とらふ》の猫は、高歩き、遠走りをすると云う。そんな事は知らなかったし、又ノラは選択した上で飼った猫ではない。ノラが物置小屋の屋根から降りて来たのである。

五月九日木曜日

快晴

午過ぎ美野が来て、どこかの美容院の猫は一夏、七八九の三ヶ月帰って来なかったが、居所がわかって連れて来たと云う話をした。雌の所にいたのだそうである。

午後新座敷に坐って庭を見ていると、庭石を歩いて来た猫がこっちへ真正面に坐って、じっと人の顔を見た。おやノラではないか、ノラかと大きな声を出した。ニャアと云って落ちついている。一寸来て見なさいと家内を呼んだが違っていると云う。しかしまだ未練が残って庭下駄を穿いて傍まで行こうとしたら、のそのそ歩き出して向うへ行った。尻尾の先が違う。それにおなかが大きいらしい。ノラがいなくなってからよく屏の上に来た雌猫であった。あれがノラであったらと云う様な事を思い続けるのを自分で制した。

五月十日金曜日
快晴
暫らく振りに、いつもの鮨屋の握りが食べたいと思う。しかしその中にノラがあんなによろこんだ玉子焼があると思うと食べる気がしない。止めた。

五月十一日土曜日
晴午後薄日曇夜雨
午後暑いので開けひろげたお勝手口から、黒い猫が家の中に這入っていたらしい。出て行くところを家内が見たと云い、ノラがついて行った黒い猫に違いないと云う。その黒い猫が来たのも四十何日振りである。それでは或はノラも帰って来るかも知れない。或はどこかに置きざりにされたのだろうか。
ノラの折込み広告第三回目の印刷物が出来て来た。今度は五千五百枚。菊島が前二回通りに届けてくれた。
三たび

迷い猫について皆様にお願い申します。家の猫がどこかに迷ってまだ帰って来ませんが、その猫はシャム猫でも、ペルシャ猫でも、アンゴラ猫でもなく、極く普通のそこいらにどこにでもいる平凡な駄猫です。

しかし帰って来なければ困るのでありまして、往来で自動車に轢かれたり、よその縁の下で死んだり、猫捕りにつれて行かれたり、そう云う事もないとは申されませんが、すでに一一考えて見て、或は調べられる限りは調べて、そんな事は先ずないと思うのです。

つまりどこかのお宅で迷い猫として飼われているか、又はあまり外へ出た事のない若猫なので、家に帰る道がわからなくなって迷っているかと思われるのです。どうか似た様な猫をお見かけになった方は御一報下さい。お願い申します。大変失礼な事を申す様ですが、猫が無事に戻りましたら、心ばかり御礼として三千円を呈上致し度く存じます。

その猫の目じるし

1雄猫　2背は薄赤の虎ブチで白い毛が多い　3腹部は純白　4大ぶり、一貫目以上あったが痩せているかも知れない　5顔や目つきがやさしい　6眼は青くない　7ひげが長い　8生後一年半余り　9ノラと呼べば返事をする　電話33abcd

八

ノラや、お前は三月二十七日の昼間、木賊《とくさ》の繁みを抜けてどこへ行ってしまったのだ。それから後は風の音がしても雨垂れが落ちてもお前が帰ったかと思い、今日は帰るか、今帰るかと待ったが、ノラやノラや、お前はもう帰って来ないのか。

ノラやノラや

一

この稿の書き始めは、「ノラは何十何日目の何月何日、やっと自分の道がわかったと見えて、痩せてよごれて、しかし無事に帰って来た。」とするつもりであった。ノラがいなくなった翌日から、家では近所界隈を一生懸命に探していたが、世間に向かって、どうかお心当りをお知らせ下さいと頼み出したのは、四月十日の新聞案内広告が始まりである。ノラが帰れば、広告を見て気に掛けてくれた人人に挨拶しなければならない。その広告文案も考えておいた。

猫帰　四月十日ノ本欄記載ノ猫ハ無事ニ帰リマシタ御配慮下サッタ方ニ御放念願升33ａｂｃｄ

しかし新聞の案内広告は、見当の範囲が割りに狭い猫探しには、あまり利き目がない事に気がついたので、今度は新聞配達店に頼んで折込み広告をする事にした。折込み広告は十日から二週間ぐらいの間をあけて、今までに三回した。だからノラが帰ればそのビラを見て気に掛けてくれた人人にお礼を云わなければならない。数が多いので一一お礼に出掛けたり礼状を認《したた》めたりする事は出来ないから、矢張り折込み広告で挨拶しようと思った。その文案も出来ている。

「迷い猫になった拙宅のノラは、何十何日目の何月何日、無事にひとりで帰ってまいりました（或ハ、連れ戻しました）。御心配下さった皆様に何卒《なにとぞ》御放念を願います。その事に就き度度御親切な電話を戴いた方方、特にお忙しい中をお邪魔させて戴いたお宅へ心からの御礼を申上げます。」

しかし猫探しで人人を煩わしただけでなく、私自身がノラが帰って来ない為に、よく目が見えなくなったり、寝られなかったり、大分痩せて弱って身近かの諸君を心配させている。ノラが帰ったとなれば、お祝いを兼ねて御安心を願わなければならない。

その案内状の下書きも作ってある。差出しはノラの名義とする。「僕」と云うのはノラである。

「僕ハ大自然ノ命ニ依ッテ暫ラク家ヲ空ケマシタガ、ソノ間僕ノ主人ハ大層心配致シマシタ由ニテソノ為皆様ニ御迷惑ヲオ掛ケシマシタ。コノ度無事ニ帰邸致シマシタノデ皆様ニ御安心ヲ願ウタメ粗餐ヲ差上ゲ度《タ》イト存ジマスケレド、主人ハ僕ノ失踪中仕事モ手ニツカナカッタ様デ大分貧乏致シマシテ何カト不自由スル有様デス。従ッテ皆様ニ差シ上ゲル御馳走ハイツモ主人ガ皆様ヲオ待チ申シタ半分位ダロウト思イマスケレド、ドウカ当夜ハ是非オ繰リ合ワセ下サイマシテ僕ノ為ニ御乾杯ヲオ願イ申シ上ゲマス。僕ハ椅子ニ腰ヲ掛ケルノガ不得手デアリマスノデ失礼シマシテ主人ヲ代理ト致シマスカラ何卒オ含ミ下サイ。」

ノラの招待状も、新聞折込みの礼状も、新聞案内欄の広告も、みんなその儘《まま》で使う事が出来ない。ノラはまだ帰って来ない。

こんなに長い間帰って来ない、いくら探しても見つからないとすれば、
一、道ばたで自動車に轢かれたか。

二、猫捕りが連れて行ったか。

三、どこかわからない所で死んだか。

と云う事も考えて見なければならない。そう云う事がないとは云えないかも知れない。しかし、

㈠の自動車の場合は轢かれた猫の処置をしたと云う場所を一一たずねて、その近所の人にノラに似ていたか、どうかを問い質《ただ》し、区役所の道路課にも問い合わせた。死んだ猫を埋めたと云う知らせも幾つか受けたが、毛並みや尻尾がノラではないらしい。一ヶ月位前に埋めたのがどうも似ている様に思われると云ってくれた家へは出掛けて、お庭の隅を掘らして貰った。初めに尻尾が出て、一目見てノラではなかった。

㈡の猫捕りは大体三味線の皮にするのが目的なのだろう。皮に爪の傷がついていては用をなさない。さかりがついて喧嘩をしている猫は適当でない。ノラはさかりがついて出て行ったのである。先ずそんな事はないだろうと思う。

㈢のどこかで死んだかと云う場合は一層稀薄の様である。若い猫が死ぬものでは

ないと云う。だれでも、そう云う。私も家内も猫を飼った経験はないので、人の云う事を信ずる外はないが、そう云われれば信じたい。

つまり、どこかにいるに違いない。ノラは生きている。翌《あ》くる日の大雨で家へ帰って来る道がわからなくなって、迷い猫になっているのだろう。是非探し出して、連れ戻してやりたい。どこか知らない所でうろうろしているかと思うと、可哀想で堪《たま》らない。

一夏、七八九の三ヶ月、外を迷っていた猫を連れ戻したと云う話を聞いた。方方から貰う手紙の中に、六ヶ月は待たなければいけないと云うのもあり、八ヶ月振りにすっかり様子が変って、しかし無事に帰って来たと云うのもあった。親切な人人が教えてくれるそう云う例をたよりにして、ノラを待ち、必ずノラを尋ね当てよう。

二

前稿「ノラや」から後の日日。

五月十一日の午後、家の外で猫のニャアニャア云う声がするから家内が見に行った。私も出て見に行った。隣りの屏《へい》の上の向うの方にいる。ノラによく似ているけれど家内は違うと云う。

家内がうちへ這入った後もまだ起《た》っていた。見つめたがよく解らない。しかしノラだったら、そこまで帰って来たらうちへ這入るだろうと思って、見るのを止めた。一たん家へ這入ったが又気に掛かるので、もう一度出て見たら、家の屏の上に来ていたが私の姿を見て隣りの庭へ飛び降りた。その後姿で短かい尻尾がはっきり見えて、いつかも見たよその猫だと云う事が解った。

今日の夕刊各新聞に、ノラ探しの三度目の折込み広告が這入っている。夕方から夜にかけてその事の電話が十四回掛かって来た。大体みんな親切だが、中には一二冷やかしもある。

ビラの文面の最後の項に、「ノラと呼べば返事をする」とあるのを取り上げて、わざわざ電話を掛けて来た。家内が出て応対している。

「返事をしますか」

「はい」

「何と云いますか」

「ニャアと云います」

それでぷつりと切ってしまった。傍で聞いていて癪にさわったから家内に云った。

「なぜワワンと云いますと云ってやらなかったのだ」

五月十二日日曜日
時時雨
朝からノラの電話が掛かって来る。その中の一つの紀尾井町清水谷公園前の某家からの知らせが気に掛かり、家内がすぐに馳けつけたが違っていた。
午後麴町六丁目の某家から死んだ猫の事を教えてくれた。埋めてあるから一度見て見よと云う。家内をすぐにやろうとしたが、通り雨がひどくなったので一寸待ってから出掛けた。掘り返して見たが違っていた由。
夜十時、九段の芸妓屋からの電話で、家内がすぐに行って見たがノラではなかった。

ノラの電話は今日一日で六回、外に二三からかいらしいのもあった。

五月十三日月曜日

快晴一時薄日又快晴

午後四谷駅に猫を持って来ているから見に来いと云う変な電話が掛かって来た。菊島を見せにやったが違っていた。いきなり猫を連れて来ると云うのが不思議に思われたが、親切でしてくれた事で難有《ありがた》い。

今日はノラの電話が四回あった。

五月十四日火曜日

快晴夕雨

思うまいとしていても、ついノラはどこへ行ってしまったのだろうと思う。可哀想で涙が止まらない。もうすでに前稿「ノラや」を書き上げて、取り乱した自分の心に蓋をしたつもりだが、まだ矢張り自分の書いた物が追っ掛けて来る。
今朝起きる前の夢に、六十年ぐらい昔の子供の時の網ノ浜の福岡のお姉さんの家にノラがいて、毛並が刷り物に書いたのよりは違っていると思った。

五月十五日水曜日
快晴
起きて坐っている時、何でもないきっかけでノラの事を思い出して涙を流した。
今日の様なお天気のいい日にはどこかの屏の上でうつらうつら昼寝をしているかと思う。猫は夢を見ないだろうからこちらの心配は通じない。
午後ノラの心当りの電話があったが、毛並が違っていた。
ノラは出て行ったのではない。帰れなくなっているのだ。なお手を尽くして探してやらなければならない。道がわからなくなっていると云うのが可哀想で堪らない。

五月十六日木曜日

快晴

二三日前から物置の前でうちへやって来る二三匹の猫に御飯や魚の食べ残しをやっている。或はそう云う猫と一緒になって、ノラが帰って来るきっかけにならないかと思いついたのである。今朝は豚のあぶらをやったと家内が云ったら、昨夜のとり鍋で雞のあぶらが多過ぎるから鍋に入れなかったのが残っているのを思い出し、ノラにやりたいと思って又涙が止まらなくなった。

夜半過ぎ、寝る前に池に流れる水を一ぱいに出す為水道の捩《ね》じをひねりに庭へ出て帰って来ると、お勝手の戸の外で、猫が開けてくれと云う風にニャアニャア云う。ノラによく似た尻尾の短かい猫で迷い猫らしい。野良猫ではなさそうである。この章の初め、五月十一日の項の屛の上にいた猫であって、あまり似た様な声をするので困る。ノラもどこかで今頃こんな声をして、知らない人に何かねだっているのではないかと思い、堪らなくなる。

三

五月十七日金曜日

快晴

ノラがいなくなってから五十二日目である。ノラはもう帰って来ないのだろうか。しかしまだ帰って来るとも思う。ノラを探す手は少しもゆるめないで必ず探し当ててやりたい。

こないだ内からいつも来ているノラに似た猫が、夕方になると食べ物をせがんで、ノラそっくりの可愛い声をして鳴くので、その度にノラを思い出して堪らなくなる。そうして又同じ事を繰り返し、ノラが今頃夕方になって腹がへって、どこかのお勝手の外であんな風に鳴いているのではないかと思う。家内に早く何かやれと云って涙止まらず。

五月十八日土曜日

快晴

いつも寝る前にはお勝手の戸を開けて、ノラが帰って来てはいまいかと辺りを見廻す。今夜も夜半過ぎ、寝る前に戸を開けたら、二三日前からいついた様になっているノラによく似た尻尾の短かい例の猫がその前をうろうろしている。まだ何か欲しいらしい。又同じ事を、ノラも今頃どこかの夜更けのお勝手の外でうろうろしているのではないかと云う事を思い、家内に早く何かやれと云って目を押さえる。

五月十九日日曜日

曇

朝早くノラの事で九段四丁目の某氏から電話があって目がさめた。続いて五番町の某氏からも知らせがあった。両方とも家内が見に行った。五番町の方のは一たん帰った後また電話があって、もう一度馳け出して行ったが、どちらもノラではなかった。

五月二十日月曜日

雨　午大降り午後一たんやんで又降り出す。夕上がる。

朝、三番町の某氏からノラの知らせがあった。雨がやんだら家内が見に行く事にした。夕近く五時一寸前に、今朝の三番町から、今その猫がいると知らせてくれたので、すぐに家内が出掛けた。家内からの電話でノラではなかったと云った。

夕方ノラに似た例の猫が又ねだって鳴く。ノラの事を思い堪らない。猫通《ねこつう》の意見によると、この猫はノラの兄弟で、ノラよりは前に生まれた兄貴だろうと云う。そうかも知れないと思う。ノラの親は野良猫なので、その同じ親がどこかで生んだ同じ腹の子かも知れない。毛並が同じであるばかりでなく、しぐさ、表情がそっくりで、声もノラよりは少し声柄が悪いけれど、音《おん》のたちは同じである。一番そうかと思われるのは、尻尾はノラより短かいが短かいなりに、ノラの通りに先が曲がって鉤《かぎ》になっている。

どこかの飼い猫が迷っているのかも知れないが、こうしてうちにいる以上、ひもじい思いはさせたくない。いくら似ていても、兄弟でも、ノラの代りにはならないけれど、この猫がうちのまわりにいる事には一つの実用的な意味がある。私や家内はいつ迄たってもノラを見違える事はないが、人に頼んでノラであるか否かの下見をして貰う事がある。その場合、この猫を、尻尾の長さだけ別にして、ノラの見本とし、この通りだからよく見て行ってくれと頼む事が出来る。

宵に電話が掛かって来た。男の声で、あなたの所で探している猫が見つかったから、明日のお午頃《ひる》連れて行く、と云う。

家内がどんな猫ですかと聞こうとしたら、そんな事は解らないと云って、ぴっと電話を切ってしまった。

かねてから、今にそんな事を云って来やしないかと思った通りの事が起こりかけている。家の者だけで探すのでなく、世間に向かって協力を頼んでいる以上、どこかで、だれかが、何を考え、どんな事をたくらんでいるかそれは解らない。ただのいたずらかも知れないけれど、一応はそのつもりで備えなければならない。

すぐに二三の方面へその手配をした。

ノラが早く帰って来ないと、段段変な事が起こりそうである。

五月二十一日火曜日

快晴

昨夜の電話の事で今日は少しごたごたしたが、だれも猫を持っては来なかった。しかしまだ当分の間、備えは解かない事にする。

ノラの事を知らせてくれる電話の外に、この十八日に出た週刊新潮五月二十七日号に新聞折込みの事が載っているので、親切に知らしてくれるのでない変な電話が何度か掛かって来た。又おかしな手紙も来た。

今日も亦《また》夕方になればノラに似たいつもの猫がお勝手の外でニャアニャア云う。それを聞くのが堪らない。家内はその猫に向かって、そんなにうちを離れたくないなら、ノラを連れて帰って来れば、一緒に飼って上げると約束したそうである。

四

五月二十二日水曜日

薄日後曇

九時過ぎノラの電話で目がさめた。麴町四丁目の某家からの知らせである。すぐに電話で菊島の勤務先に聯絡して見に行って貰った。

菊島からの電話で、自分では見別けがつかなくなった。今迄に見た中で一番よく似ていると思う。すぐに家内に来てくれと云った。

家内が行って見たが、似てはいるけれど、ノラではなかったそうである。

家内は昨夜ノラの夢を見たと云った。もとの通り普通にそこいらに、屛の上なぞにいたと云う。

豆腐屋の御用聞きの娘が今朝来て、ノラちゃんが帰りましたかと云う。なぜかと聞けば、昨夜夜通しノラちゃんの夢を見たから、そうかと思ったと云った由。

夕方から出掛けてステーションホテルへ行った。その留守中、家内はノラの知らせの電話で四谷本塩町へ行ったが、違っていた。又町内のノラらしい猫が来ると云う某家へも廻って見たが、いなかったと云った。

五月二十三日木曜日
快晴
朝から変な電話が数回掛かって来た。一度は女の声で、もしもし内田さんですかと云い、そうだと答えるとぷつりと切ってしまう。一度は呼び出しただけで何も云わない。こんな事が以前にも何回かあった。何をもくろんでいるのか解らない。
こないだからの例のノラに似た猫が矢張り家のまわりにいて、人を見ればノラの様な声でニャアニャア云う。午後門の所まで行ったらついて来て、身体をすりつける様にして踏石の横にくるりと寝そべり、顋《あご》を上げて搔けと云う恰好をする。ノラそっくりで見ていると涙が流れ出す。余り似ているので、ふとノラではないかと思い掛けたが、尻尾が短かい。
午後二番町の某氏からの知らせで菊島が見に行ったが、その猫はいなかった。
夜九段の某家から電話で、自分のうちの猫もいなくなったが、特徴がノラに似ているから一緒に探してくれと云う。その話の猫は耳のうしろに傷があると云う。丁度居合わせた菊島が、それらしい猫をノラを探しに行った時見たと云うので更《あらた》めて先方を呼び出し、菊島が教えてやった。

五月二十四日金曜日

快晴

朝起きて目ざましの煙草を吸いながら家内と坐っていてノラの事を思う。今日は五十九日目で明日で二タ月になる。ノラがひとりで帰って来る見込みは段段薄れて来た様に思われる。どこへ行ってしまったのだろう。又涙が止まらなくなった。

しかし二タ月も三月も経ってから帰って来たと云う世間の例も聞いている。或は帰って来るかも知れない。こちらで探してやる手はちっともゆるめてはいけない。

午頃また変な電話が掛かって来て、こちらを呼び出しただけでぷつんと切った。その前にも一度掛かり、午後また同じ様な電話が掛かり、何も云わない。

昨夜菊島が教えた九段の某家から電話があって、教わった所へ行って見たが違っていたと云った。よその家の失望も他人事とは思えない。

日外《いつぞや》植木屋が来て、これ程お探しになっているのに出て来ないのは、事によると外人の所へ迷い込み、その儘飼われているのではないか。度度の折込みのビラも外人には役に立っていない。外人宅も一通り探して御覧になってはいかがです、と云った。

そこへは気がつかなかった。早速その方法を考えようと思った。

しかし考えて見ると、暹羅猫《シャムねこ》、波斯猫《ペルシャねこ》、アンゴラ猫などであったら、外人が飼うかも知れないが、ノラはどこにでもいる極く普通の平凡な猫である。彼等が興味を持ちそうには思えない。

しかし又もう一度考え直して見ると、ノラの様な猫が普通で平凡だと云うのは我我の話であって、外国から来た彼等には珍らしいかも知れない。それにノラはだれが見ても可愛い顔をしている。植木屋の云った様な場合がないとは限らない。矢張り外人宅を探して見ようと思う。

外字新聞の折込みにするか、どうか、それは後で考えるとして、兎に角ビラを作ろう。美野に命じておいたら、夕方そのプリントを持って来た。

Inquiring about a Missing Cat

Have you not seen a stray cat ?
Are you not keeping a lost cat ?

It is a tom-cat, one and half year old, was around 8 to 9 pounds. He is whitish brown tobby on his back and white on his chest, with long tail curled at the tip, and with soft eyes not blue. He answers to the name "Nora" with a miaw. He is not of a special breed like Persian or Siamese, but is just a common Japanese cat.

He was last seen with a black she-cat, on March 27.

As he was a real pet of this family, we miss him very much and we are anxious to know where he is or how he is.

Please call Tel. 33-abcd (in Japanese please) if you know or have seen such a cat.

If "Nora" returns home safely, 3,000 Yen will be offered to the person who gave the information. It will be greatly appreciated.

五月二十五日土曜日
雨
朝書斎へ葉書を取りに行き、速達用の切手を出し赤い線を引くため赤鉛筆を抽《ひき》斗《だし》から出そうとしかけたら、窓の障子の外で音がした。ノラがいつも外から帰って来た時の気配なので、出し掛けた物を投げ出して急いで開けて見ると、例のノラに似た猫がいて、人の顔を見てノラのする通りにニャアニャア云う。堪らなくなって暫らく泣き続けた。本当にノラだったら、どんなにうれしいだろう。この一瞬から万事が立ち直るのに、と思った。

五

五月二十六日日曜日
快晴　午後風出ず
矢張り変な電話が掛かって来る。家内が電話機を取って一寸だまっていたら、すぐぷつりと切ってしまった。

ノラ探しの電話の外に、方方からノラの事に就いて親切な手紙が来る。今日も朝の郵便の中にあった来書を披《ひら》いたら、それに誘われて涙が出て午前中止まらなかった。

午過ぎ去る二十三日の九段の某家からノラに似た猫がいると電話を掛けて来た。家内が聞いて違う様なので見には行かなかった。

夜、平山が帰った後、何と云う事なくノラの事を思い出し涙堰《せ》きあえず。家内がそれでは身体にさわると云う。そう云う家内がノラを抱いて家の中を歩き廻り、いい子だいい子だノラちゃんは、と云っていた事を思えば淋しくて堪らない。

五月二十七日月曜日
快晴薄日後又快晴
お午の休みに菊島を呼んでおいて、家内はノラに似た猫がよく来ると云う町内の某家へその猫を見に行ったが、いなかった。

午後、例のノラに似た猫がお勝手口でニャアニャア云っているから家内に知らせた。家内が出て行って何かやっているらしい。そこへ玄関前に落ちていた紙屑を拾って台所の金網へ捨てに行って見ると、その猫は家内の手から竹輪を千切って貰っている。こちらを向いた顔が余りにノラそっくりなので堪らなくなって涙が止まらない。ノラが玉子焼を貰っている姿を思い出し可哀想で堪らない。

五月二十八日火曜日

薄日午後曇

朝起きてすぐに家内に、今日も菊島に午休みの間来て貰って昨日の町内の某家へ猫を見に行けと云ったら、行けばその度に先方の手間を欠かせる。行かなくても向うでちゃんとしてくれているからと云うので、ノラの影が段段薄らいで遠のく様な気がして泣けて仕様がなくなった。

家内が電話を掛けて菊島に来る様頼んだが、涙は後後まで止まらない。

午過菊島が来て、家内が見に行ったが、その家で飼っている雌猫が帰って来ないので、それにくっついている雄もいなかったと云う。

こないだ内からのあのノラに似た猫は今日も家のまわりにいる。恐らく引き続いている事だろう。成る可《べ》く見ない様にしているが、家内はいつも何かやって、早くノラを連れてお出で、連れて来たらお前も一緒に飼って上げるからと、猫との約束を繰り返して、云い聞かせているらしい。

五月二十九日水曜日

曇小雨

今日は誕生日で晩は第八回目の摩阿陀会《まあだかい》へ出掛ける。ノラが家にいれば特別の御馳走を貰うだろう。

午後町内六番町の某家からノラらしい猫の知らせがあった。すぐに家内が馳け出して行ったが違っていた。いつかその隣接の某邸で見た猫だったそうで、それが渡って行ったのである。ノラでない同じ猫を何度も見に行く事になるのも止むを得ない。その労を端折る様なつもりになってはノラは探せない。

品川の某氏からの電話でノラの事を尋ねてくれて、自分の家に三毛の雄の生後二ヶ月になる子猫がいる。それをノラの代りにやろうかと云う。好意を謝してことわった。どんないい猫でもノラの代りにはならない。ノラはノラでなければいけない。又一読者から電話があった。男の声である。親切に慰めてくれて六ヶ月は待てと云った。六ヶ月待てと云うのは外からも聞いている。今までに経験がないので、そう云う事を教わるのは難有い。今日来た手紙には八ヶ月待てと云うのもあった。

夜十二時頃摩阿陀会から帰って来た。四十幾人出席の中から十人が私について来た。或は送って来てくれたのかも知れない。

留守中に赤坂の某氏と、もとの李王家の後のプリンスホテルからノラの電話があったそうで、家内は私共が帰って来たらすぐ入れちがいにプリンスホテルへ見に行った。違っていたけれど夜半十二時を過ぎる迄、その迷い猫を止めておいてくれた好意はお礼の云い様もない。

五月三十日木曜日

雨　肌寒くストーヴをつける。

夜十二時過ぎ、洗面所の外で音がして、格子の間から窓をのぞこうとしているのは、大分前から家を離れない例のノラに似た猫である。なぜ書斎の窓の障子の外へ上がったり、洗面所の格子に攀《よ》じたり、ノラが帰って来た通りの事をこの猫はするのだろう。ノラではないと思っても、尻尾が短かい事をこの目で見きわめない限り思い切る事が出来ない。そうしている内に涙が出てしまう。

五月三十一日金曜日

快晴

早朝七時半ノラの電話で起きた。平河町の某旅館からである。ノラによく似た猫が屋根の上にいると云う。話の模様で尻尾の点がよく解らぬので、もう一度確かめてから知らせてくれる事になった。

二度寝してよく眠っていると、十一時前又ノラの電話で目をさました。麹町四丁目の某アパートからの知らせである。その近くの牛肉屋の若い衆せいさんに行って見て貰う。小振りでノラではないと知らしてくれた。

午後菊島に頼んで二十九日の留守中に教えてくれた赤坂の某氏の所へ猫を見に行かせた。帰って来てノラではなかったと云った。

夜九時、首相官邸とグランドホテルの間の某寮の某氏から、去る四月二十日ラジオでノラの事を放送した三十分位前に、死んだ猫を自分で埋めた。今小説新潮の「ノラや」を読んで更めて思い出してお知らせすると云ってくれた。家内が掘り出して見たいと云っていたが、毛並の話になって黒が交じっていた、つまり三毛猫だったと云う事が解り、ノラでない事が明らかになった。

その死んだ猫はノラではなかった。しかし方方から見知らぬ人が親切に教えてくれるのを、殆んど欠かさず見に行ってノラを尋ね当てようとしているが、まだ見当たらない。ノラやお前はどこへ行ったのだと思い、涙が川の如く流れ出して止まらない。

六

六月一日土曜日

快晴

さつき晴れで薫風吹き渡り二十九日摩阿陀会の疲れももう取れて、すがすがしい気持で起きた。

朝早くから起きている家内に向かい、

「起きたよ」

「はいお早う」

「自分はどうだ」

「大丈夫」と云う。その次にきまって、「猫は」と聞いた事に思いがつながり、起き抜けから涙が流れ出した。そう云う時家内は、「ノラは風呂場」とか「ノラはお庭」とか云った。それで安心すると云う程の事はない。ただノラの事も一言聞かなければ気が済まなかった。そのノラがいない。
午後、昨日の平河町の某旅館から、昨日お知らせした猫が今いる。チーズを食べて牛乳を飲んでいると云う。すぐに家内が馳けつけた。大分似ている様な話なので、或は待たせたタクシイで抱いて帰るかと思ったが、尻尾が真直ぐでノラではなかったと云った。

六月二日日曜日
薄日曇薄日
一日じゅう紙一重の気持で、下手をすれば堰を切った様になって何も出来ない。ノラやと思っただけで後は涙が止まらなくなり、紙をぬらして机の下の屑籠を一ぱいにしてしまう。

六月三日月曜日
快晴

例のノラに似た猫は依然うちのまわりを離れない。家内が御飯を与えている様である。ひもじい思いはさせたくない。ノラもどこかでそうして養われているかも知れない。今朝も家内が一度やったらそれを食べてどこかへ行き、又今お午頃になるとおなかがすいたと見えて帰って来てねだると云った。それはいいけれど、その猫が目についたり、鳴いたりする度に、一一ノラの事が思い出されるのが堪らない。

六月四日火曜日
快晴
お午頃起きた。起きる前の夢に、幅が半間位の低い石段の中程の、こちらから向かって右寄りの所に猫が坐ってこっちを向いている。おなかが白くノラの様だ、ノラではないかと思いかけたが、その淡い夢はその儘消えてしまった。
起きた後、家内が靴屋の藤猫の話をした。藤猫は時時やって来るらしい。そうしてノラに似た例の猫と喧嘩をする。藤猫は非常に強くて、ノラに似た猫がいじめられていると云う。家内はノラに加勢した様に、ノラに似た猫にも加勢している様である。しかし喧嘩の話よりもノラとあんなに仲好しだった靴屋の藤猫は、もとの通りやって来るのに、ノラはどこへ行ってしまったかと思い、今日はもうちゃんとしていようと思って起きたのに、靴屋の話で又泣き出した。

晩のお膳の時、家内が、ノラの事を話したいけれど云えばすぐ泣き出すから、と云う。何だと聞き返すと、ノラはきっと間違いなく帰って来ると思う、と云う。それはこちらもそう思って疑った事はないと云ったが、そこから先へ深入りするといけない。又泣き出すのが落ちだから止めて、話しを変えた。

六月五日水曜日

薄日曇夜雨

小説新潮の「ノラや」以来、毎日の様に親切な手紙が来る。今朝も赤坂の某家から、ノラは生きていると云う猫好きの経験者の手紙を貰い、うれしくて泣いた。

夕方平山と一緒に近所の床屋へ行く途中、ノラらしい猫がしょっちゅう来ると云う町内某氏の路地へ這入って見たが、猫は一匹もいなかった。

ノラは三月二十七日に家を出て行ったのではない。その時のはずみで出掛けた儘帰り道がわからなくなり、その翌晩の大雨で帰れなくなったのだと思う。今どこかで親切な人に飼われているかも知れない。又はそうでない色色の事も思われる。今日でノラを待って已《すで》に七十一日目である。

七

六月六日木曜日

雨

朝、酒屋の娘さんが、ノラらしい猫がそこの土手にいたと知らせたので、すぐに家内が雨中を馳け出して行った。その猫は土手から降りて中華学校の前まで来ていたそうだが違っていたと云う。

夕方から家内と出掛けたが帰って来ると留守中留守居のお静さんの受けた電話に、ついそこの日本テレビの裏へノラに似た猫が黒い猫といつも一緒に来ると教えてくれたが、背中に黒い毛がある、つまり三毛猫だと云うので見に行かなかったと云った。

六月七日金曜日

雨　薄寒いのでストーヴをつけた。

午下《ひるさがり》じっと坐っていて何のきっかけもあったわけではないがノラが可哀想になり泣き続けた。どうも雨の日はいけない。一日じゅう泣いたので目が重ぼったい。ノラはきっとどこかで飼われているに違いないと云う気がし出した。もう一度、四回目の新聞折込み広告をして、その見当で探して見ようと思う。その文案。

前前からの同じ迷い猫について今一度お願い申します
迷って来たその猫を飼って下さっているお宅
又は時時来て御飯などをいただいているお宅
の方はどうかお知らせ下さい。お願い申します。

その猫の目じるし

1 尻尾は中くらいの長さ。手紙の封筒ぐらい。先が曲がって小さな団子になっていて、さわれば鉤の様な手ざわりがします。

2 雄猫。

3 背中の毛色は薄い赤の虎ブチで白い毛が多い。

4 腹部は純白。

5 からだは大ぶり。失踪前は一貫二三百目ありました。

6 動作がゆっくりしている。

7 顔や目つきがやさしい。

8 眼は青くない。

9 ひげが長い。

10 生後一年半余り。

11 猫の名はノラ。

六月八日土曜日
雨
ノラに似た尻尾の短かい猫はこの頃いつも物置にいる。こんなにいつくなら、名前をつけてやろうかと思い出した。一両日前からそんな気になっていた。尻尾が短かいから「クルッ」と云う事にする。三音で呼びにくかったら、「クル」でも「クルッちゃん」の「クルちゃん」でもいいだろう。しかしまだ一人で考えているだけである。
クルッがノラに似ている点は毛並や動作だけでなく、表情がそっくりなので正視する事が出来ない。家内はいつも何かやっている様だが、私は成る可く見ない様に目をそらす。
猫通《ねこつう》がクルッはノラの兄貴だろうと云った事は前に書いたが、更に別の猫通《ねこつう》はクルッを見て、この猫はまだ非常に若いと云った。そうするとノラの弟かも知れない。そう思われる所もある。

六月九日日曜日

快晴

午後クルツが家内から御飯を貰おうとして勝手口で待っているところへ、靴屋の藤猫が来ていじめようとしたから、家内がすぐに入口を閉めてクルツをうちへ入れた。それでもクルツはまだ逃げなければこわかったと見えて、廊下を走って内側から洗面所の窓に攀じ登り格子にしがみついたと云う。ノラとはあんなに仲好しだった靴屋がクルツは目のかたきにする様である。ノラはどこにいるのか知らないが、そんな時はいつも家内が加勢してやったのに、今は味方がいないのでいじめられてやしないかと思い、可哀想でどうしていいかわからない。

今日ノラの捜索願を所管麴町警察署の外、隣接の赤坂、四谷、神楽坂の各署へ出した。

六月十日月曜日

薄日後快晴

午、町内六番町の某家から電話で今ノラかと思う例の猫が来ているからすぐに見に来いと知らしてくれた。大分前から一度見て確かめたいと思っていた猫である。あまり近いのでそこまで帰っているなら、ノラならうちへ帰るだろうと思い、しかし道幅は狭いながら間に往来があるから帰れなくなっているかとも思った。床屋へ行く時は私も今迄に二度その路地へ這入って見たがいつもいなかった。先ずその猫を確かめなければならぬ。家内がすぐにまたたびを持って馳け出した。その後へ又電話で、もう行ってしまったと云う。しかし家内はその隣りの裏にいるのを見届けたそうである。ノラではなかったと云う。長い間、或はノラではないかと思っていたので失望して淋しい。

しかしそうやって一つずつ確かめて行くより仕方がない。

またたびはノラがいる時から買ってあったが、病気でもした時の為と思って、まだ与えた事はない。いなくなってからのノラ探しにはいつも持って行く事にしている。

六月十一日火曜日

薄日曇小雨夜雨

昨日赤坂の某家から電話で、今朝書生が犬を運動に連れて出て日比谷高校の所を通ったらノラに似た猫がいたと云ったが、その似ていると云う事を確かめる為、ノラそっくりと思われる自分の家にもといた猫の写真をお見せすると云ってくれた。今日その写真の郵便が来た。余りよく似ているので、その猫の表情を見つめている内に涙が出た。ノラが家内に抱かれて私の方を見ている顔に生き写しである。

六月十二日水曜日

雨　夕近くから上がる。

クルッは物置を住いにしているが、新らしい建物なので戸の辷《すべ》りがよく、車がついているから軽く動く。クルッは自分で戸を開けて外をのぞいたり、出て来たりする。今日は雨が降っているので家内がお勝手に入れてやっている。流しの下の所に坐ったり、丸い腰掛けの上で寝たり、すっかり落ちつき払って当り前の顔をしている。ノラがした通りの事をして澄ましている。それは構わないがそれを見る度にノラの事を思い、ノラはどうしているかと思い、ノラが可哀想で堪らない。

八

ノラや、私はもうじき旅行に出掛けなければならない。一週間ばかりで帰るけれど、こんなに待っているお前がまだ帰って来ないのに、家を空けてよそへ行くのは気が進まないが、予定のある事だから仕方がない。私のいない間に、ノラやお前は是非うちへ帰ってお出で。お前が帰って来たらすぐに長距離電話か電報で、お前が帰って来た事を出先に知らせる様にしてあるから。

ノラやノラや、今はお前はどこにいるのだ。

千丁の柳

一

六月某日夕六時半、博多行第七列車特別急行「あさかぜ」が東京駅のホームを静かに辷《すべ》り出した。

汽車の旅で一番楽しいのは、ホームの長い大きな駅を、自分の乗っている列車が音もなく動き出して段段に速くなって行く瞬間である。

今日も乗る前からその味を味わうのを楽しみにしていたが、乗り込んだ時からの騒ぎで、それどころではなかった。すぐに新橋駅のホームの廂の下を走り抜けて、暮れかけた半晴の空の下へ出てもまだ何だかざわざわしていた。

何をそんなに取り込んでいたかと云うのは、今日の出発は同行四人で、その四人がばらばらにならない様に食堂車の席を取りたい。夕方の六時半はいつもの私にはまだ早過ぎる時間であるが、外の諸君も勿論夕食前で、動き出してから揃って一献と云う申し合わせになっている。ところが六時半発車の食堂車のお客はみんな乗り込んでからゆっくり、と考えているに違いない。食事だけの人もあるだろうが、車窓の夕景を眺めながら一献しようと云うのが大部分の様で、だから、私は「あさかぜ」は二度目であるが、どうもこの列車が東京を出た時の食堂は多分に飲み屋の趣きを備えている。

動き出して、見送りの人人をホームに残した後は、お客が一時に食堂車に殺到する事はわかっている。こちらはそれに備えなければならない。しかしまだ動き出さない前はお客を中に入れないだろう。だから発車前からその入り口に起《た》ち、守宮《やもり》の様にドアに食っついていなければならない。あらかじめ座席を予約して取らせると云う事は、この食堂車の様な形勢では向うが引き受けもしないであろうし、又仮りにそれが出来たとしても、外の人が起ったり、ことわられたりしている中へ、後から這入って行って予約を楯に悠悠と腰が下ろせるものではない。身を持って事に処する外はない。自分の身体で這入って行くに限る。この事は乗る前から同行の諸君に申し含めてある。

発車が近づき、各員その部署について私は守宮《やもり》の役を買おうとした。ところが、ぴたりと食っつく可《べ》きドアが閉まっていない。人の出這入りが繁くて閉められなかったのだろう。開いているから私は中へ這入って行ったが、著席《ちゃくせき》しようとか、予約を申し込もうとか、そんなつもりではない。四人だよ。四人だから四人席に一かたまりに坐るよと云う事、ついでに註文も与えて置けば向うもそれだけ手が省けるだろうと思ったが、相手の女の子は、そんな事よりも先ず私を追い出す事に専念して、ろくろく人の云う事を聞かない。傍に起っていたもう一人の女の子が要領を呑み込んで引き受けたので私は食堂車を出てホームに降り、見送りの人に挨拶した。

一人は私の「阿房列車」の時の見送亭夢袋《むたい》氏である。今度の今日の出発は阿房列車ではないのだから、と辞退したが、それでも断乎として見送ると云うのでそのおの志にまかせた。

食堂車の隣りの喫煙室に戻り、入り口を扼《やく》して形勢を観望した。発車前から入り込もうとする客で辺りがひどく混雑している。中に這入って行った一人の紳士は大分気が立っていると見えて、給仕の女の子と渡り合い、発車まではお隣りの喫煙室でお待ち下さいと云わせも敢えず、喫煙室は人が一ぱいでいられやせんじゃないかとやり返した。

発車のベルがホームで鳴り出す前から、食堂車の女給仕が全員出動して中の通路に整列し、一人ずつがテーブルとテーブルの間を塞いで防備を固めた。発車前に闖《ちん》入《にゅう》せんとする不心得な客は、一人と雖《いえど》も近づけないと云う気勢を示した。空襲警報が鳴り響いている時の警防団の様で物物しく頼もしい。

二

首尾よく四人で一卓を占めて杯を挙げた。卓を隔てた私の前は、阿房列車の一番初めの「特別阿房列車」以来の椰子君である。

その隣りは菊マサ、まだ学生で一番若い。彼の亡父は昔私が学校教師として打ち込んでいた当時の私の学生で、勧業銀行の課長在職中に早死にした。私がいじめ殺した事になるかも知れない。その伜《せがれ》を連れ出して、こうして又お酒の相手になる。菊マサの前、私の側の隣りはその名も高き雨男《あまおとこ》ヒマラヤ山系君である。

汽車はすでに品川を通り過ぎ、大森蒲田の辺りにかかって大分速くなって来た様である。そう思っている内に六郷川の鉄橋を渡る響きが食卓の上に伝わって来た。「あさかぜ」は「はと」や「つばめ」と同じ速さであるが、乗心地は少し違う様に思われる。車輛の所為《せい》か編成の工合か、それは私には解らないが、「あさかぜ」はぶるんぶるんぶるんと横にかぶりを振り、そのかぶりが割り切れない内にぐいぐいと前へ引っ張られて次第に速くなって行く様な気がする。食卓の上の銀器やお皿や杯もその振動を受けてスピイドを増し、列車と同じ速さで走って行くから取り落とす事もなくて難有《ありがた》い。

今度の旅行は阿房列車ではないと云ったが、雨男山系君が私の隣りにいて、汽車がいつもの通りに走って行けば、矢張りそんな気がする。どっちでも構わないが、今度はいつもの様に行く先に目的がないのでなく、用事があり従って予定がある。尤もその用事なり予定なりを担っているのは同行の椰子君で、私や山系君は引っ張り出されたに過ぎないから、つまり一緒に行きさえすればいいのだから、私の側には用事なぞない、いつもの通りだと思う事も出来る。

なぜこんな事になったかと云うに、私の家で一年半ばかり飼っていた雄の若猫が、さかりがついて出て行った儘《まま》帰って来ないと云うただそれ丈の事で、私は思って見た事もない深刻な経験を味わされた。

その猫は私の家のまわりのどこかの縁の下で生まれたのだろうと思う。その前から時時見掛けた野良猫の子で、お勝手から見える屏《へい》の上にいて大きくなり、親猫と列《なら》んで向き合ったり、じゃれたりしていた。

一昨年《おととし》の夏の終り頃、丁度乳離れがしたかと思われるその子猫が、お勝手の外の庭で柄杓《ひしゃく》を使っていた家内の手もとにじゃれつき、家内がうるさいから手に持った柄杓で追っ払おうとすると、それをまた自分に構ってくれるものと思ったらしく、一人で面白がって飛び跳ねて、跳ねた拍子に庭草の陰のこちらから見えない所にある水甕《みずがめ》の中へ落ち込んだ。

すぐに這い上がって来たが、そんな小さな猫がずぶ濡れになったのが可哀想だから、御飯に何かまぶしてやったのが始まりで、段段に家内の手から食べ物を貰う様になり、それで少しずつ大きくなって行くのを見ると可愛いくなった。

私も家内も、もともと猫好きと云うのではなく、猫の事は何も知らなかった。初めから家に飼ってやるつもりでその子猫に構ったわけではないが、暫らくすると、もう秋が深くなってうすら寒い日が二三日続いた時、その猫が風を引いて何も食べなくなったので、家内が可哀想がって一日じゅう、朝から晩まで抱き続けた。滋養になる様ないろんな物を取りまぜて与えたり、蜜柑箱の中へ湯婆《ゆたんぽ》を入れて寝床を造ってやったりした。

二三日で又元気になったが、もうこの子猫を追っ払う事は出来ないだろうから、家で飼って育ててやろうと云う事になった。それには猫の名前をつけてやらなければならない。野良猫の子だから「ノラ」と云う事にした。

そのノラが大きくなって、一人前になって、無人な私の家の家族の一員になっていたが、その時から一年半ばかり経った今年の三月二十七日の昼間、家内に抱かれて庭へ出て木賊《とくさ》の繁みの中を通り抜けてどこかへ行ってしまったきり、帰って来なくなった。

一昨年《おととし》の初秋の頃の、夢の様に小さかったノラの事を思い、それから後の一年半の間のいろいろの事を思い出し、私はどこかへ行ってしまった、或は家へ帰って来る事が出来なくなったノラが可哀想で、すっかり取り乱して、おかしい話だが、毎日毎日、昼も夜も泣いてばかりいた。

ノラがいなくなってから二週間ばかり経った四月の十日過ぎ、私の悲嘆の最も深刻だった時に、椰子さんから今度の旅行の誘引を受けた。

椰子さんは雑誌の編輯者《へんしゅうしゃ》である。編輯上の企画としての考えもあったに違いないが、一つには余りに取り乱している私にその話を伝えて私の気を変えさせ、私の好きな所へ行く旅行に誘い出して私の気分が落ちつく様に仕向けてくれたのだろうと思う。

その話を受けた時、私はすぐにその気になった。ノラの事で明け暮れが苦しくて堪《たま》らない。旅行の事を考えるだけでもいくらからくになるだろう。まだノラが帰らない今すぐにと云うのでは困るけれど、出掛けるのは二ケ月先である。それ迄にはノラは帰って来るだろうと思った。

その二ヶ月が過ぎて、今こうして「あさかぜ」の食堂車で諸君と楽しい一献をしている。こんなうれしい事はない。しかしノラは未だ帰って来ない。今日も家を出る時、ノラはいないのだと思ったら、玄関外まで送って出た家内に、「それでは行って来るよ」と云う一ことを口に出す事が出来なかった。前へ向いた儘、頬を伝っている涙を見せない様にすたすた歩いて、門の外へ出た。

三

食堂車の窓の外はもう真暗である。どの辺りを走っているのかわからない。時時通過する駅の燈火が棒の様になって横に流れる。余程速く走っているのだろう。又こちらもすでに大分廻って眼が曖昧になり、ちらりと見た明かりをすぐ捕える調節なぞ利かなくなっているに違いない。今どこを走っていようと、この汽車がどこへ行こうと構った事ではない。

外が暗いのは晩だからである。晩の闇を裂いて「あさかぜ」が走っている。どうも朝風という名前はおかしい。走って行けばその内に夜が明けて朝になるだろうから朝風と云うと云うのはこじつけで、人に無理を云っている様なところがある。

「いつお立ちですか」

「あしたの晩の朝風です」

この名前を決定した係りの諸氏は、こう云う挨拶で身体のどこかが撚じれる様な気持はしないのだろうか。東京発の下リは夕方六時三十分、博多発の上リは少し早いけれど、矢張り夕方近い四時三十五分、上リも下リも夕風を突いて走り出す。この列車は特別急行「夕風」とす可きであったし、今からでもお変えになった方がいい。

時間もよく解らない、どの辺であったかも見当がつかないが、私の前にいる椰子君が大分廻って来たらしく、傀俄《かいが》として玉山《ぎょくざん》まさに崩れんとする風に見える。進行中の列車のお膳の前で酔夢を貪《むさぼ》られては始末が悪い。菊マサに、寝台までお連れ申して片づけて来いと命じた。

じきに菊マサが帰って来たが、我我の食卓は四人席が三人になり、窓際の奥の一席が空《あ》いた。気がついて見ると長身長面の若い紳士が通路に起っている。車内は満員で、どこにも空いた席はないらしい。ただ私の所の、椰子君が御寝《ぎょし》なりに行った後だけが空いている。

「そこはよろしいですか」と彼が云った。

「どうぞどうぞ」と答えて菊マサを起たせて奥へお通し申した。

卓を囲んだ仲間の間へ知らない人が這入って来ては面白くないと云うのは初めの内の話しで、今はこちらがみんな御機嫌になっているから何の邪魔にもならない。又邪魔になぞす可きではないし、邪魔にしたって這入って来る者は這入って来るだろう。

邪魔にはしないが丸で知らない生面の人に話し掛けて、もてなすのも面倒である。ほっておいてこちらの話しの続きを続ける。

菊マサは借り出して来た写真機を大事そうに持ち廻っている。

「写せるのか」

「写せますよ」

そこで彼の参考の為に、山系君の技術を紹介した。山系君はこの前小倉から宮崎へ一緒に行った時、借り出して来た写真機で無闇に私を写した。私も成る可くよく写りたいと思ったから、ステッキの構え方にまで一一気を遣って、彼のレンズの前に起った。

「三十幾枚撮ったそうだ。東京へ帰ってから現像にやったら、フイルムは真白でなんにも写っていないんだって」

「どうしたのです」

「一番初めの一枚に三十幾つの写真がみんな重なって、そのフイルムだけが真黒になっていたそうだ。引き伸ばしと云うのは判を大きくするだけでなく、そう云うのを上から順順に一つずつ剝がす技術も発達しなければいかんね」

「そんな事は出来ないでしょう」

「だから君も写すなら、一枚ずつ写る様によく気をつけなさい」

「はい」

窓際の紳士が話しに釣り込まれて、こっちへ顔を向けてにこにこしている。だから杯を呈して挨拶を交わし、向うが差し出す名刺を受けた。窓際にいて窓井さん、私も窓際だから窓田ですと名乗った。

今度は窓井さんと話しがはずんで来た。彼は差押えの大家らしい。この旅行もその件で出張するところだと云う。

私は差押えの話しが大好きなので、乗り出した。

「何しろ滞納がひどいものですから」

「どの位あります」

「今のところ五百億円あります」

「そりゃ大変だ。そんなに溜まっていてはどうせ取れやしない。ほっておきなさい」

「そうは行きません。正直に納めた人が馬鹿を見ます。公平でなければならぬと云うのが私達の立ち場です」

「それはそうかも知れないが、要するにお金の事でしょう。取れもしないものに引っ掛かっているよりは、そんなものは諦めて、ほっておく事にして、その為に置いてある督促係や徴収係をみんな免職にしてしまいなさい。その方が手っ取り早い。全国の事だから随分人件費が浮いて、いくらかの穴埋めになるでしょう」

「しかし昨年度の滞納額は一千億あったのですよ。それが一年の間に半分になった、つまり五百億は取り立てたのですから、今の残りの五百億だってその内には片づけられるでしょう」

「これは又驚き入ったお手並みだ。それだけの腕に覚えがお有りになるなら、ぴしぴしとお取り立てになった方がいい。係を免職にするのは止めて給与を良くし、大いに優待して苛斂誅求《かれんちゅうきゅう》の実を挙げられん事を望む」

更《あら》めて一盞《いっさん》を献じ、こちらも杯を挙げて、窓井氏に対する敬意を表明した。

「一体、僕は税金を納めないで当り前の顔をしている、中にはそれで却って大きな顔をしている、そう云う奴は実に怪《け》しからんと思う。不心得な者を相手に手加減したり、控え目にしたりする必要はない。癖になる。仮借するところなく取り立てなければいけません。税額も成る可く多くなる様に算出して、遠慮なく課税するんですな。それが国家に忠なるゆえんであり、その局に当たる者の任です。しかしながら窓井さん、それはそうだが、そうだと思いますが、僕だけは御免蒙りたい。僕なぞにお構い下さらないで、どうか人様からぴしぴしお取り立て下さい」

汽車が揺れて、お酒が廻って、まだしゃべりたい。

「近頃の新聞なぞでよく我我が納めた税金を何に使ったのは怪しからんとか、税金でこう云う事をするのは不都合だとか、以前は余り聞かなかった文句が出ていますね。あちらの真似でもあり、又そう云う風に言い立てるのが流行《はや》りでもあるのでしょう。納めたか、取り立てられたか、どっちにしてもこちらの手を離れたお金の行方をいつ迄も気にして見ても始まらない。税金、罰金、割り当ての寄附、お賽銭、縁がなくて手を離れたお金はもう他人の物で、お金に性格はないから何に使われてもお金がお金として通用するだけの話です。お賽銭櫃《びつ》から取り出したお金で坊主が女をこさえようと、神主が競馬に行こうと、こっちの知った事ではありませんからね」

汽車が轟轟《ごうごう》と鳴り、窓井さんがにやにやしている。聞いているのか、聞こえているのかよく解らないが、まだ云う事がある。

「税金を払ったとか、まだ払わないとか云うでしょう。あれは間違っていると僕は思う。思う。税金は払うのでなく納めるのです。持って行って納める可きです。それは百も承知しているのですが、少し遅れて愚図愚図していると取りに来る。電気や瓦斯《ガス》の集金人とはわけが違いますけれど、やって来てお金を持って行く味は同じです。それが度重なれば習慣の様になって、今度来たら溜まっている中をこの分まで納めようと思う様になる。先方も親切にこちらの手許の都合を汲んでくれて、それではこの次は何時幾日《いついつか》伺うから、その時はこの分までは都合しておいてくれと云って帰るのです。長い間円滑に行ってたのですが、去年の夏頃からぱったり来なくなってしまった。来月の半ばに伺うからと云って帰ったのが最後でした。来なければ来ないのが難有いから、そのつもりで用意しておいたお金をつい外の事に使ってしまう。それっきり到頭来ないのです。一体ああ云う所の諸君は一つ役所に余り長くいない様にしてあるのでしょう。しょっちゅう代るとしても、代る時にこれこれの家はいつ取りに行く事になっていると云う言い送り、引き継ぎをするかどうか解らない。

ちっとも来なくて、いい工合だと思っていたら、いきなり、いきなりでもないが、固定資産税で差押えを受けました。ついこないだの事です。その後始末にはこちらから出掛けなければならない。元来税金は集金人を待つ可きでなく、こちらから行って納めるのが本筋です。だからそれでいいので文句はありません。僕は若い時から度度差押えを受けましたが、それは動産の差押えで、競売になった事もあります。固定資産税の差押えは不動産だから、書附けの上の差押えで、執達吏がどたどた這入って来るでもなく、物静かで、すっきりしていて大変よろしいが、もう御免蒙りたい。御免蒙るには税金を納めなければならないか。弱ったな。僕は人が税金を納めるのは大好きだが、自分は気が進まないのです」

四

翌《あ》くる日の朝十時頃、コムパアトの寝台で目をさました。もう下ノ関が近い。車窓の空は曇で、途中雨の所もあったらしい。冷房の加減は良く、肌がさらさらして気持がいいが、寝起きの気分は余り良くない。

「あさかぜ」は今こそ本当の朝風を突いて走っている。窓の外はもう田植えで、水を張った田の面に風が渡り、それがどこ迄も続いて車窓を明かるくする。今頃の季節にこの辺りを通る機会が多いので、走り過ぎる沿線の風物に馴染みが深い。

下ノ関に著《つ》き、関門隧道を抜け、門司に停まった後はもう博多である。お午《ひる》一寸前に著き、迎えに来ていた車でデパアトの何階かにあるホテルに落ちついた。

これで今日はもう何も用事はない。どこへも一歩も出るつもりもない。窓から見下ろす町の景色と、その向うの遠い山と右手にひろがる海とを眺めて、夕景を待つばかりである。

車中の同行四人の内、菊マサは博多にいる伯父の許へ行くのでホテルには泊まらない。何年振りかの帰省だと云う。それで一緒に連れて来たのである。その伯父と云うのは以前の阿房列車に名前の出た事のある賓也《ひんや》で、或は水土と云う名になっていた事もあるかも知れないが、矢張り昔の私の学生である。菊マサはその家で二晩を過ごした後、私共がいる予定の八代《やつしろ》へ来て再び一行に加わり、帰りは又一緒になる事にしてある。

博多のホテルに落ちついて何も用事はないと云ったが、私は東京を立つ前から長い間床屋へ行かず、家でひげを剃る事もしないので、ひげも髪も蓬蓬と伸び放題に伸びている。あんまり感心した風体《ふうてい》ではないから、博多に著いたらホテルでぼんやりしている間に散髪して、後の旅程をさっぱりさせようと思っていた。来て見ると丁度床屋のお休みの日に当っている。休《や》んぬるかな。ざらざらした顫《あご》を手で撫でて、あきらめた。それでますますなんにも用事がなくなった。

する事がなくて、ただ晩餐の食堂が開くのを待っている。そうなると中中時間が経過しない。九州の天道様の歩みがのろいのにじりじりした。その位なら、なぜ用もない博多へ来て泊まったかと云うに、それは明日の下リ「きりしま」に乗って八《やっ》代《しろ》へ行く為である。去年の十一月十九日のダイヤグラム改正以後、「きりしま」にはコムパアトが無くなった。だから車中で一夜を明かすには、若い者なら何でもないが、私などは困る。その代り「あさかぜ」と云う速い、いい列車が出来たが、博多止まりの「あさかぜ」が博多へ著いた時は、「きりしま」はもう出た後である。

「きりしま」は鹿児島行で、その途中にこれから行こうとする八代《やつしろ》がある。だから「きりしま」に乗り継げばいいのだが、出た後では仕様がない。今日の「きりしま」はもう行ってしまったが、明日の「きりしま」ならまだ来ないから間に合う。明日の汽車を待ち合わせる為に博多のホテルに泊っていると云うわけである。

博多から八代《やつしろ》へ行くには、何も「きりしま」に限った事はない。外にも列車はある。「あさかぜ」の著後《ちゃくご》二十三分で発車する鹿児島行の普通列車があって、この前、去年の秋に八代《やつしろ》へ行った時はそれに乗った。急行「きりしま」なら博多八代《やつしろ》三時間のところを、その普通列車では五時間掛かる。時間の方はそのつもりでこちらもゆっくり、ぼんやりしていればいいが、各駅停車なのでその間の三十六の駅に一一みんな停まる。「あさかぜ」は東京博多の間で十五駅しか停まらない。距離にして博多八代《やつしろ》は東京博多の八分ノ一ばかりである。その間で停車の度数は倍よりもっと頻繁である。汽車が停まれば乗っているこちらの身体のスピイドもみんな抜けてしまう。その上で又走り出す。又停まる。身体が疲れてくたくたになる。この前の経験で懲《こ》りたから、博多で一晩泊まって明日の「きりしま」を待つ事にした。何しろ急ぐ事はない。阿房列車ではないが、急ぎの用事があるわけでもない。

漸くホテルの夕方になり、つまり食堂の開く時間になり、呼んでおいた賓也を加えて食卓に著いた。もういいと云うから食堂に這入ったが、半晴の空に浮いた雲の切れ目から、西の海に入る前の夕日が、テーブルのこちらの私の顔へまともに照りつけて、落ちついた気持になれない。カーテンを引いてくれたけれど、カーテンの向う側にお日様がぴたりと顔を押しつけている様な気がする。後から、丁度いい工合にこちらの学校に来ていた耶麻多さんが我我の仲間に加わった。

五

翌朝、門司在住の写真技師小石清君がホテルに来て、我我の一行に加わった。

この稿では文中に出て来る人の名前はみな仮名《かめい》を用いたが、小石清君だけはその儘の本名である。私も山系も初対面であって、旧知の椰子君から紹介された。それから四日三晩の間、同じ宿に泊まり、一緒にお膳に坐り、どこかに出掛ける時も同じ自動車に乗った。四日目の夜十時半、私共の乗った東京行の「西海」が門司に停まった時、小石君だけ一人、私共から離れて御自分の家へ帰って行った。しょっちゅう東京へも出て来るそうで、この次の東京での再会を期して別れの挨拶を交わした。

私は写真の事を丸で知らないから小石君のカメラマンとしての盛名を知らなかったが、東京に帰った後届けられた同君の仕事を見て、素人なりにその素晴しさに驚歎し、人人に見せて小石君を吹聴《ふいちょう》した。

門司駅で小石君に別れたのは六月二十一日である。それから十六日目の七月七日の朝、小石君は奇禍による怪我の為に門司の病院で他界した。

その技術を惜しむ人は他にあるだろう。私は忽ちにして断たれた彼との縁、四日三晩の明け暮れのまだその儘に残っている思い出を追って彼を彷彿する。

六

菊マサは伯父さん賓也の家に行っているが、小石君が加わったので又同行四人になった。支度をしてホテルを立ち、博多駅で昨日から待っていた今日の「きりしま」が這入って来るのを迎えた。

いい工合に四人一緒の席があって「きりしま」の特ロ車に落ちつき、十時二十五分、定時に発車した。

今日はホテルのベッドの寝起きが良くて気分が軽く、何となく面白い。私は腹がへっている。ふだんならまだへる時間ではないが、今日はもう何を食べようかと云うことを考えている。私は腹がへっている情態が好きなので、腹がへっている間は愉快である。何か食べると万事がつまらなくなってしまう。だから食べない方がいいけれど、しかし食べたい。朝起きてからまだ何も食べていないのだから、何か食べたくなってもおかしくはないが、いつもならお午過ぎまで食べないのが普通である。今日は朝私が目をさました後、椰子君と山系君がホテルのルームサアヴィスのお膳を隣りの部屋へ持って来させて、うまそうに朝飯を食っているところをのぞいて見たのが目に残っている。それが羨ましかったので後後まで気になり、人のお膳を見たのが刺戟になって急激に私のおなかが空いて来たのだろう。

私はかしわ飯が食いたいと云った。とり飯の事である。いつか豊肥線の山の中の駅で買ったかしわ飯が大変うまかったので、九州へ来るとよく車中でかしわ飯を食べるが、初めの時ほどおいしくはない。しかし何か食べようかと思うと、先ずかしわ飯を思いつく。

次の停車駅で山系君が買ってくれた。そうして四人揃って一緒に食べた。椰子君も山系君も朝飯なぞ食わなかった様な顔をして綺麗に折を空けた。

汽車が気持よく走って行けば三時間ぐらいはじきに経つ。間もなく熊本に著いた。熊本まで凡《およ》そ二時間半、熊本を出れば三十分で八代《やつしろ》に著く。

度度八代《やつしろ》へ来るので、熊本と八代《やつしろ》の間の駅の名はみんな覚えてしまった。川尻、宇土《うと》、松橋《まつばせ》、小川、有佐《ありさ》、千丁、そうして八代《やつしろ》である。六つの駅に急行は停まらない。しかしこの辺りは単線なので交換の為に時時急行でも臨時停車する事がある。そんな時にその駅名が目について、つい覚えてしまう。そのばらばらの記憶を去年の秋各駅停車の普通列車に乗った時、順序よく列べて一列の記憶にした。

この六駅のどの辺りだったか、はっきりしないが、余り熊本寄りでなく、八代《やつしろ》に近かったと思われる田圃の中に柳の大木が一本あった。進行方向の右側の窓に近く、走って行く汽車の響きが伝わるぐらいの所にあった様に思う。その柳を見る為ではないが、不思議にその側の窓際にいた事が多いので、八代《やつしろ》へ行く時はいつもその柳を見て過ぎた様な気がする。柳の根もとに小さなお厨子《ずし》があった様にも思われる。

何の気なしにその話をしたら、小石君が車中からその柳を撮ると云い出した。走っている急行列車の中から写せますかと聞くと大丈夫写せると云う。

その柳が、どの駅を過ぎたら、どの辺にあると云う事がわかっていれば用意して待つ事も出来るが、どこにあったのか、ただこっち側と云うだけで判然しないのですよと云っても、その時あれだと云ってさえ下されば写しますと云う。

熊本八代《やつしろ》の半ばあたりから右側の窓の外を一生懸命に見詰めた。松橋《まつばせ》から大分来て、小川を過ぎ、有佐《ありさ》を通過してもまだない。線路に近い立ち樹はあっても柳ではない。千丁を通過したからこの次は八代《やつしろ》である。もうないか、見落としたかと思っている時、山系君があれでしょうと云った。

私が小石君の方を向いて、あの柳、と云った瞬間に柳はもう窓の枠から外れていた。

その柳を小石君は写したと云った。飛んで行ってしまったではないかと云っても、大丈夫です、よく写りましたと云う。写ったかも知れないが、私はよくわからないけれど、開けて見たわけでもないのに、ちゃんと写っていると云えるそんな手ごたえの様なものがあるのだろうか。

小石君が柳を写した後は、もうすぐ八代《やつしろ》である。みんな起ち上がって網棚の物を下ろしたり、降りる支度をした。

午後一時三十四分八代《やつしろ》駅に著いた。博多は半晴半曇であったが、途中次第に雲が消えて八代《やつしろ》は晴である。ホームで旧知の駅長と挨拶を交わし、馴染みの陸橋を渡って階段を降りた所の右手の改札口の、いつもと同じ位置に松浜軒の女中頭の御当地さんが起っている。会釈しておいてその儘駅長室へ落ちついた。落ちつくだけでなく、帰りの切符や急行券の事などを頼んでおかなければならない。

それから松浜軒に向かい、扉に乳鋲《ちびょう》を打った門を這入って玄関の沓《くつ》脱ぎに腰を下ろした。また来たと思う。昭和二十六年の夏以来八回目である。いつもの座敷に通ると、お庭の吹上げの向うの空で雲雀が啼いている。

飛んでもない大きな長い脇息《きょうそく》にもたれてすっかりくつろいだ。お池の水は涸れてはいないが、浅い所は底が出ている。もっと水位の高い方がいいけれど、お天気続きだと云う話なので、それでは仕方がない。領主様の御威光なぞなくなっているから、外の田の水をお屋敷の中へ引いたりすれば百姓が怒ると云う話しを、いつぞや来た時支配人から聞いた。

夕方、暗くなるのを待ち兼ねて、我我四人に駅長さんを迎えて、お庭の暮景を見ながら一献を始めた。お池の中へ出島《でじま》の様になっている向うの森の繁みの間から、あたりは暗くなり掛かっているのに、いつ迄も夕日が洩れる。大きな欅《けやき》の幹が二本並んでいて、間ががに股の様になって空いている。その隙から赤味を帯びた金色の夕日がそちらに向いた私の目をぎらぎらと射す。

その内に真暗になり、お酒がよく廻って面白かった。面白い一皮下に、薄紙一重で遮ったこっち側にすぐ泣き出しそうなものがあって、いくら家を離れても、こんな遠方まで来ても何にもならないと思いたくなるのを、同座の諸君のお蔭でやっと制した。

さっきの柳の大木は、ここへ来てから聞くと「千丁の柳」の名で人に知られているそうである。根もとにお地蔵様があると云うから、何かいわれがあるのかも知れない。裸地蔵でなくお厨子《ずし》の中に這入っているか、屋根をかぶるかしているのだろう。車窓から私が見たところでは、柳の幹に食っついて小さなほこらがあった様に思われた。

七

翌くる日は快晴で、お池の水にささ波を刻む程の風が渡っている。遠い空の奥の方で夏の雲雀が啼いている。何となく遥かな気持で何となく悲しい。

お午頃、八代鴉《やつしろがらす》が二羽来てお庭の枯木の枝にとまった。

ついノラの事を思い、涙が流れた。

午後、博多の賓也の家に二晩泊まった菊マサが松浜軒に来た。これで一行は五人になった。

それからみんなで出掛ける事にした。一行五人に案内役の御当地さんを加えて、先ず不知火《しらぬい》ノ海の白島へ行った。白島へはいつかの時、雨が降っている中を山系御当地と三人で来た事がある。季節外れの、真っ昼間の、雨の降っている不知火《しらぬい》ノ海へ来ても、不知火《しらぬい》が見える筈のない事は始めからわかっているけれども来て見た。今日はその海を背景にして小石君が写真をとると云うので来た。

白島から車を廻らして球磨《くま》川の下流の遥拝ノ瀬へ来た。磧《かわら》の上に鹿児島本線の鉄橋が架かっている。私はこの鉄橋を渡る汽車の中から、遥拝ノ瀬の白波と繁吹《しぶ》きを見た事がある。今その磧に降り、ごろごろした小石を踏んで水際に出た。小石君が何枚も撮った様であった。

松浜軒に帰ってから、お茶を立てて貰い、それから晩のお膳を待った。昨夜の駅長さんの代りに今日は菊マサがいるから、人数は昨日と同じである。

空はよく晴れているのに今日は欅《けやき》の幹のがに股から夕日も射さず、いつの間にか暮れてみんなと一緒のお酒がうまくない筈はない。しかし、外を出歩いて疲れ過ぎたのか、余り廻らない。その内ふとノラの事に触れて、お膳の前で泣き出したが、すぐに制して涙を拭いた。

寝た後も何と云う事なくノラの事が心に浮かび、目尻から涙が垂れて枕を濡らした。

その内に寝ついたけれど、又目がさめた。それから中中眠られない。漸く寝たと思うと四時に又目がさめた。八代《やつしろ》は東京より夜明けが遅いから、まだ外の明かりは射さないが、その後は切れ切れの眠りになってしまった。

お池の食用蛙の馬鹿馬鹿しい鳴き声が、今度は何となく悲しい。明け方近くなるにつれて鳴き声が盛んになり、堪えられぬ心地でうとうとした。一匹がいつも声を立て、別にもう一匹鳴いていた様である。以前の様に沢山はいないらしい。

朝の覚め際の夢に、小石川江戸川橋の矢来《やらい》寄りの町角で、家内がノラを抱いて熱がある様だと云った。撫でて見ると毛が濡れてごわごわした手ざわりがした。

起きて見ると今日もお天気がいい。八代《やつしろ》に足掛け三日いたが、到頭雨が降らない。お池の水が一ぱいでなくて物足りない。この前のいつかの時は、著いた日は水がすっかり涸れていたのが、泊まっている内に雨が降り出し、大変な大雨になって、立つ時はお池から溢れ出した水が縁の下まで上がって来た。今度は今日もこんなお天気だからもう見込みはない。挨拶に来た支配人も、山系様が入らしたら降るかと、それを当てに致して居りましたが、残念ですと云った。

午後松浜軒を立って、すぐ近くの松井神社境内にある樹齢三百十年と云う臥龍《がりょう》梅《ばい》の前で写真をうつし、八代《やつしろ》駅に出て普通列車一二四で熊本へ向かった。各駅停車だが熊本までの間には私の暗記している六つの駅しかないから、走っている物が停まるから草臥《くたび》れるなどと文句を云う程の事もない。

八

熊本駅へ著いた途端に、この二二四列車はこの辺りでは時間の関係上通勤列車の役をしていると見えて、停車と同時に押し合って乗り込んで来る乗客の為、降りる事が出来ない。熊本人の不行儀にあきれたが、尤も東京でも電車では同じ事を繰り返している。

その為、改札を出るのが随分遅れた。来ている筈の宿の迎えの車がいない。タクシイで熊本城址へ行き写真をうつす。この前、昭和二十八年にも八代《やつしろ》の帰りに熊本へ寄り、一晩泊まって翌日豊肥線で立つ前、駅へ出る自動車を熊本城址へ廻らせたが、ひどい雨で車から降りる事は勿論、窓を開ける事も出来なかった。九州大水害の時で、その翌日熊本は往来で大人の胸まで浸したと云う洪水に襲われた。

熊本城址から宿へ戻って落ちついた。

広い立派な庭があるけれど、松浜軒と比較にはならない。夕方宿屋のお膳で一献中、何のきっかけもないのに、ひとりでにノラの事が思われて涙が止まらなくなり、昨夜の様に制する事が出来なかったので、諸君に失礼した。

翌朝起きて見ると雨が降っている。この雨が八代《やつしろ》で降ればよかった。尤もまだ大した降りではないから、お池の水が増す程の事もないだろう。

午後宿を立って雨の水前寺公園へ廻り、写真をうつしてから熊本駅へ出た。五時十四分発の上リ「きりしま」で博多へ向かう。「きりしま」は東京行だから、この儘乗っていれば東京へ帰れる。しかしコムパアトがないので、博多で「西海」を待って乗り換える。七時三十六分博多著。それから「西海」が来るまで一時間半の余裕がある。ぼんやりしていて時間を潰《つぶ》すのは大いによろしい。しかし一緒の諸君は退屈だろう。こう云う時間を使って、駅の外へ出るなぞ禁物である。小石君が待合室の片隅にバアがあると云っていたから、そこで一ぱいやろうかと云う事になった。こんにゃく、なま揚げ、飛龍頭《ひりょうず》、ひりょうずはがんもどきの事也、冷奴、もつ焼、トースト、まだ色色ある。それでコップ酒を飲んで大変いい心持になった。「西海」の這入る時間が迫ったので、勘定奉行の山系君が勘定を命じて、お札を幾枚か取り出す手許を見た隣りの若い衆が、わあっ、すごいな、と云った。山系君は落ちつき払って、何、団体だよ、と澄ましている。

団体の一行五人は「西海」に乗車してからすぐまた食堂車に入り、待合室のスナックバアの続きを続けた。小石君は大分廻ったいい御機嫌で門司駅のホームへ降りて行った。

食堂車の時間が過ぎてから切り上げてコムパアトの喫煙室に帰り、寝る前の一服をした。長い旅と云う程の事はないが、しんにしこりがあって苦しかった。もうこれで帰るのだからいい。子供の時に天王寺屋の藍甕《あいがめ》のにおいがする横町から裏門へ帰った。ノラは屛《へい》を伝って帰って来た。なぜ帰らなくなったか。

九

九時過ぎ大阪停車中に目がさめた。車中で寝ていると、汽車が停まって物音がしなくなった時、よく目がさめる。

沿線は曇である。名古屋の停車中、椰子君がホームへ出ている時、ボイが電報を持って来た。ボイの手許を見て、はっとしたが椰子君宛である。家からノラが帰ったとの電報は到頭来なかった。

豊橋のあたりから車窓は雨になった。

夕方六時二十三分雨の東京へ著いた。ステーションホテルで解散のパアティをして帰る事にしてある。ノラが帰っていない事は解っているから、ロビイの電話を自分で掛けるのはいやだから、山系君に頼んだ。家内が留守中変りなしと云ったそうで、それで留守中の事は安心したが、変りなしとはノラが帰っていないと云う事でもある。

家へ帰って玄関に這入ったが、ノラはまだ帰らぬかと聞く迄もない。今日でもう八十八日目である。沓脱ぎに腰を掛けた儘、上にも上がらず泣き崩れた。

ノラに降る村しぐれ

一

ノラが帰って来なくなってから、今日で百七十五日目である。もう五日すれば百八十日、丸半年になる。

ノラが行ってから庭の花が咲き盛り、私が泣いている最中に爛漫の春になり、初夏になり、土用になり、毎日ノラを待っている内に暑さの峠を越して、もう秋風が立って来た。

今年の春の彼岸は三月二十四日に明けた。それから三日目の二十七日の昼過ぎに、ノラは抱かれている家内の手から降りて、木賊《とくさ》の繁みの中を抜けて、どこかへ行ってしまった。秋の彼岸の入りは九月二十日で、明後日である。だからノラの百八十日目がめぐって来るのは秋の彼岸の中日に当たる。

ノラはもう帰って来ないのだろうか。

時時そうも思う。

しかし又、今にも帰って来そうな気もする。

今年の両国の川開きは七月の二十日であった。去年は出掛けて行って花火を見たので、その時の記憶はまだ新らしい。今年は夜半過ぎから雨になったが、宵の内はお天気であった。私の所の界隈まで花火の音が聞こえて来る。遠い轟音が月のない夜空を伝わって、庭木に響いて来る。暗い庭を眺めながらじっとその音を聞いている内に、今晩この遠い花火の音がしている間に、ノラはきっと帰って来ると思い出した。両国の花火はその合図だと云う気がした。そう思っただけで張り合いがつき、殆んど切れ目なしに続く轟音を楽しむ様な気持で聞いた。今に庭先の薄明りにノラの姿が浮かぶに違いない。こちらへとことこと近づいて来る。或は一走りに走って来て膝に上がるか。

遠い花火の音が一段と盛んになって、暫らくの間続けざまに鳴り響いたと思ったら、すっと掻き消す様に止んで、後にはもう何の音もしなくなった。花火は終ったらしい。ノラは帰っては来なかった。

今年の秋の虫は、私の所では八月二十三日、ノラの百五十日目の晩からこおろぎが鳴き出し、その翌晩から鉦叩《かねたた》きが鳴き出した。木鈴虫はもう少し前から鳴いていたかも知れない。

段段に虫の声が繁くなり、夜風もめっきり冷えて来て秋が次第に深くなった。縁先の硝子戸を開けひろげて、薄明りの庭を眺めていると今にもノラが帰って来そうな気がし出す。庭の飛び石が向うの暗い所から明り先に続いて、こっちの上がり口まで来ている。虫しぐれの中にノラの姿が浮かんで、飛び石を伝いながら、とことことこっちへやって来る様な気がする。飛び石の中の一つに、ノラが春先の日を浴びていつも坐っていたのが目につく。その石だけが秋の宵の薄明りの中に浮き上がっている様で、段段に石の形がはっきりして来て、今にもノラがその上に乗りそうで、見ている内にその石の上で日向ぼっこをしていた今年の春のノラの姿をありありと思い出し、涙で目が曇って飛び石の列がぼやけてしまう。虫はますます鳴きしきるけれど、ノラは矢っ張り帰って来ない。

ノラはもう帰って来ないのだろうか。

しかし、半年はおろか、七八ヶ月は待ってやらなければいけない。きっと帰って来るから待て。一年過ぎて帰った例もある、と云う手紙や電話を方方から貰っている。そう云われればそんな気がするし、又そう思いたい。それではノラはどこでどうしているのだろう。

ノラが出て行った翌《あ》くる日大雨が降ったので、うちへ帰って来る道がわからなくなり、どこかをほっつき廻っている内に、野良猫になってしまったのだろうか。しかし一年半うちで育ったノラに野良猫となる才覚があるとは思えない。

初めの間は知らない所をうろうろしていたかも知れないが、どうしても内へ帰って来られないので、散散迷った挙げ句どこかの家で飼われているのではないか。

どうもそうではないかと思われる。今私の家には迷い猫が這入り込んでいる。いつ迄も帰って行かないので呼び名がなければ不便だからクルッと云う名前をつけてやったが、そのクルッを見るにつけて、ノラもどこかで同じ様な事になっているのではないかと思う。

クルツの事は次の章で述べる。

ノラが出先で病死したり、往来を横切る時自動車に轢かれたり、そう云う事も考えなければならないが、一匹前に育った猫が病死する事は先ず無いと云う経験者の言を信じたい。自動車には猫はよく轢かれる。それでその後始末をする区役所の係に頼んだり、又猫を埋めたと云う話を聞き、知らせを受ければ詳しくその毛並や特徴を問い合わせて来た。こちらから出掛けて行って、埋めた場所を掘り返させて貰った事もある。いずれもノラには該当しなかった。

ノラは猫捕りにとられたのだろうと云う人もある。突きとめた事ではないから、そんな事はないと断言するわけには行かないが、本誌八月号の「ノラやノラや」に書いた通りの理由で、先ずそれは考慮の外に置いていいだろうと思う。

しかし猫捕りの事を云う人には、そう考えるのが楽しいらしい点もある。ノラは猫捕りに連れて行かれて、皮を剝がれて、三味線に張られて、今頃は美人の膝に乗っているだろうと云う。人の家の猫がいなくなったと云うと、すぐにそう云う事を聯想する人の御先祖は何をしていられたのかと疑わしくもなる。

二

本誌に寄せた「ノラや」「ノラやノラや」その他を輯《あつ》めた単行本が出来掛かっていて、今その校正中である。

だれでもそうであるに違いなく、当然の事ではあるが、私は一篇の文章を書き上げた後その推敲に骨を削り、何遍でも読み返した上でないと原稿を編輯者《へんしゅうしゃ》に渡す気になれない。ところが、読んでくれた人に申し訳ない事で、あけすけに云うのも憚る様であるが、「ノラや」と「ノラやノラや」の二篇は推敲はおろか、書き上げた物に後から一通り目を通すと云うただそれだけの事すらしていない。とても出来なかったのである。締切りに追われた為ではない。苦しくて自分の書いた物を読み返す事が出来なかった。書き綴るのがやっとであって、それをもう一度読んで見る勇気はなかった。従って原稿に脱字誤字、或は文章の重複があったかも知れない。その一切に目をつぶって、書き放しの儘《まま》編輯の係に渡し、そう云うわけですからどうか宜しくお扱い下さいと頼んで、後はただ自分の取り乱した気持が自分の書いた原稿の中へ逆戻りしない様にと云う事だけを念じた。

じきに新らしい雑誌が出来上がり、私の書いた物が活字になって載っている。その雑誌を手に取って、いつもなら先ず自分の書いた物を活字で読み返して見るのだが、「ノラや」と「ノラやノラや」の時は決してそこの所を開かない様にした。

だから、出来栄えは良くないにきまっているが、どの程度にどうなっているか、今だに私は知らない。

それが今、単行本に成り掛かっている。校正をやってくれる人から、いろいろの質疑や打合せを受ける。「ノラや」の所で、ここはどうなのだと云う質問を受けた。校正刷を突きつけられて、見たくないからどうにでも御勝手にと云うわけには行かない。

それが「ノラや」の四月十五日の項で、その時ふと次の一節が目についた。

「夕方近く洗面所の前の屛《へい》の上にノラに似た猫がいた。違うとは思うけれど、じっと見ていると似ている様な気がする。痩せて貧弱だが、ノラももうその位は痩せたかとも思われる。余り気になるので家内に追って貰ったら、隣りの庭へ降りて行く後姿の尻尾が短かかったので違う事がはっきりした。」

この時の尻尾の短かい猫が、今私の家に這入り込んでいる迷い猫のクルツである。この猫がそんな時分から私の所のまわりをうろついていたとは思わなかった。右の四月十五日の前後に、この猫の事を記述した項が外にもあったかどうか、自分で覚えていないが、クルツの事が段段はっきりして来たのは五月十一日以後、つまり第二稿「ノラやノラや」に入ってからである。

見すぼらしい猫で、痩せて薄汚くて、ニャアニャア云う声も憐れっぽい。おまけに左の眼がどうかしているのか、いつも涙を垂らしている。泣いている様で可哀想になる。

ノラが帰って来なくなった後へ、よその猫が何匹も家のまわりをうろつき廻って、お互に喧嘩をしたり追っ掛けたりした。そう云う猫に、物置小屋の前のきまった場所でいつも食べ物をやる事にしよう。そうして集まって来る内に、いつかノラがその中のどの猫かに構って一緒について来る事があるかも知れないと思った。今にもノラが帰って来たら食べさせようと思って取って置いたおいしい物を、日が経つからその中に入れてやる事もあった。

何匹かの猫が来て、入り代って食べて行った様だが、いつもきまって物置小屋の前に姿を見せたのはクルツであり、貰う方も与える方も段段にそう云うきまりになって来て、雨の降る日なぞクルツは物置小屋の中へ入れて貰う様になった。

その内に雨が降らなくても物置小屋の中で寝る様になり、腹がへると辷《すべ》りのいい物置の戸を自分でごろごろと開けて出て来て、お勝手の入り口でニャアニャアせがむ。ノラの事を思うのでつい可哀想になり、又毛並がノラによく似ているから何となく追っ払いにくかったりして、次第に家内や私に馴染みが出来た。

雨がひどく降った日に、家内がクルツをお勝手に入れてやったのがきっかけで、到頭お勝手口から家の中へ這入って来る様になった。這入って来ると人の顔を見上げてニャアニャア鳴く。いつも目から涙を流しているので、泣きながら這入って来る様な気がする。家内が脱脂綿を硼酸《ほうさん》水で濡らして、目を拭いてやる。ノラに似ているので家内が抱き上げて何か云っている。そう云えば私もこの猫に聞きたい事がある。

三

「ノラやノラや」の後の日記抄

六月十四日金曜日　ノラ80日

快晴

クルツにさわらない様にしていたが、昨日今日つい背中を撫でてやった。その毛の手ざわりの荒い事、思い出せばノラは丸で天鵞絨《ビロード》の様であった。ノラの兄貴とか弟分とか云うのは違うかも知れない。

六月十六日ヨリ二十二日マデ「千丁の柳」ノ旅中。

六月二十七日木曜日　ノラ93日

終日雨

今年の五番颱風が九州の西の海で消えた後の大雨が降り続き、三月二十七日にノラが出て行った翌くる日の晩の雨の様な音が降る。矢張りお勝手の戸を開けて、ノラはまだ帰らぬか、今こうして開けている内に帰らぬかと思う。そう思うのが無理で繁吹《しぶ》きがひどく、これでは猫は歩けないだろう。三月二十八日のあの晩と同じだと思い悲しくなって繁吹きの戸を閉める事が出来ない。こんな雨の音のする晩ノラはどこのお家に迷い込んでいるのか。

六月二十八日金曜日　ノラ94日

雨

クルッは家に落ちついて澄ましている。もとからうちの猫だった様な顔をしている。どこの猫だか知らないが、飼い猫だったには違いない。決して野良猫ではない。無闇に人をなつかしがる。家の中でそこいらをうろうろするクルッを見るにつけ、ノラもさんざん迷った挙げ句、うちへ帰れなくなって、このクルッの様にどこかの家へ迷い込んでいるに違いないと思う。

七月一日月曜日　ノラ97日

薄日　曇　夕から雨

クルツが流しの隅につるした金網籠の中の豆の皮などの間に手を突っ込んで探している。この迷い猫は何をするのだろうと思う。牛乳はもとから貰っているし、ノラは生《なま》の小あじの筒切りが好きだったが、クルツはさばが好きな様だからいつも途切れない様に買って与えている。時候が段段さばのしゅんになって、生きのいい秋さばの色を見るとうまそうである。たまに猫の御馳走の上前《うわまえ》をはねて、こちらで一切れ二切れお相伴する事もある。その外、かつぶしだの竹輪だの、クルツは食べ物に不自由していないのにそんな事をする。どこでどう云う風に育った猫か知らないが、叱って流しの縁から降りさした後で、こうして迷い込んだ続きにしろ、うちにいる猫だと思うと情ない気がする。尤も、もとの自分の家を出て、私の所に落ちつくまで、大分長い間外をほっついていたらしいから、止むを得ないかも知れない。ノラは決してそう云う事をしなかった。流しの上にもお勝手の棚にも上がった事がない。しかしノラもすでに百日に近い間うちにいない。帰って来ても何をするかわからないが、どんな不行儀になっていてもいいから早く帰って来い。

七月二日火曜日　ノラ98日
晴半晴　曇　夜雨
晩クルツが出て行った儘、夜半過ぎて寝るまで帰って来ない。五月のいつ頃からか私の所に落ちついて以来、もう大分になる。もともとよその猫ではあるが、帰って来ないとなれば、かすかに淋しい気もする。しかしノラの場合と違って、まあ仕方がないと思う。
そう思って寝たら朝になって帰って来た。雨が降ったので帰れなかったのだろう。

七月五日金曜日　ノラ101日
晴　曇薄日　昨日から暑くなった
家内は夜来合わせていた日下《くさか》と一緒に、麻布一ノ橋の近くの一本松へノラに似た猫を見に行ったが、ノラではなかった。

七月九日火曜日　ノラ105日

曇雨　午後小雨

ノラの事を何かのはずみで、或は何でもないのについ思い出す。成る可《べ》く触れない様にしているけれど、思い出す。思い出せば堪《たま》らない。五六日前にノラ探し第四回目の新聞折込みのびらが五千五百枚刷り上がって来たが、今仕事中なのでそれを配ると方方から電話が掛かって来るから、仕事が一段落するまで待とうと思ってその儘にしてある。ノラの事を思い出して堪らなくなる時、そのびらが出来ているから、今じきに配るからと思うだけでも余程気持がらくになる。

七月十五日月曜日　ノラ111日

曇

夕方出掛ける前、玄関を開けると、木戸の所におやノラが、と思ったらクルッだった。

七月十六日火曜日　ノラ112日

曇　薄曇　遠雷　夜雨

午下《ひるさがり》菊島が新聞折込み広告のびらと、別に英字新聞に入れる英文びら五百枚を新聞配達店へ届け又麹町警察署へも行ってくれた。

七月十七日水曜日　ノラ113日

曇

午まえ麹町四丁目の近くの某家からノラらしい猫の知らせあり。その近所の肉屋のせいさんに行って貰った。非常に似ていると云うので、すぐに家内が馳けつけたけれど、その時は外へ出て行っていなかった由。

午過ぎ平山が来ている時、麹町警察署から電話があって、いつぞや出したノラの捜索願により神楽坂署から加賀町の某家に似た猫がいると知らせがあったから行って見よと教えてくれたので、家内が平山と一緒に行ったが違っていた由。
夕近く麴町四丁目の今日午まえに行った某家から、又その猫が来ているとの知らせがあったので家内が馳けつけた。又違っていた。

七月十八日木曜日　ノラ114日
雨　曇　薄日　晴　夕曇
朝一たん目が覚めた後寝直そうとしていると、七時、九時半、十一時半にノラの電話で起こされた。午まえ家内は知らせのあった九段の芸妓屋と、三番町の某家と、大妻学校の傍の某家と、九段三丁目の某家へ探しに行ったが、初めの三軒の猫は違って居り、四軒目にはその時はいなかった。

七月十九日金曜日　ノラ115日
曇　薄日　半晴　夕曇
今日も朝の内二度ノラの電話あり。十六日の折込み広告以来頻《しき》りに方方から電話が掛かって少しごたごたするが、ノラを探す為だから構わない。

家内の妹がよく当たる占いに見て貰ったら、ノラは生きている。平河町の方角にいると云ったと云う。占いは信じないけれど、そちらの方も探して見ようと思う。家内は午頃麴町五丁目の某家へ似た猫を見に行ったが違っていた由。又出直して九段三丁目の某家へ、知らせのあった猫を見に行ったが違っていた由。更に出直して夕方近く平河町の獣医へ行ってノラの心当りを尋ね、又隣接のパレスハイツへ英文のプリントを入れて貰う様に頼んで来た。

その留守中、昨夜から帰らなかったクルツが帰って来て御飯を貰った後、屛に上がっていた。屛の上から枝にとまった雀でもねらったのかも知れない。音がしたと思ったら、ノラが子供の時に落ち込んだ同じ水甕《みずがめ》に落ちたのであった。

すぐに這い上がって、びしょ濡れになって庭の方へ行ったが、この猫はなぜノラのする通りの事をするのだろう。書斎の窓をがりがり引っ掻いたり、洗面所の前の木戸の上でニャアニャア人を呼んだり、ノラそっくりの事をするので気になっていたが、ノラが落ちた水甕にまで落ちた。

水甕は物置小屋の横の柿の木の下陰にある。ノラはその水甕におっこちたのが縁で私の家の猫になった。クルツもその同じ甕に落ちて、甕の水を浴びてノラの留守に居坐るつもりなのか。

七月二十日土曜日　ノラ116日

曇　薄日　夜半過から雨

夕方近く家内は千駄ヶ谷の動物愛護協会へノラを探しに行ったが、無意味であった。愛護協会と云うのは猫や犬を「眠らせる」つまり殺して始末する所の様である。

七月二十七日土曜日　ノラ123日

曇　小雨　夕半曇

今朝の覚め際の夢に、隣りの番町学校の塀に寄せて立てたうちの忍び返しのこちら側に、明かるい毛色の猫がいる。そこへ猫がいられるわけはないが、いた。ノラだと云う事に疑いはなく、うれしかった。

七月二十八日日曜日　ノラ124日
晴　午後快晴　長梅雨が明けたらし
お勝手の前を、昔の子供の時の志保屋の台所の上り口だったかも知れないが、クルツが向うへ行った。その後からクルツより大振りで、毛の色がもっと淡く明かるい感じの猫がそっちへ行きかけた所で目がさめた。ノラだったと思ったのは起きてからである。

七月二十九日月曜日　ノラ125日
快晴
この二三日、ノラが新座敷が出来る前の、或は出来たすぐ後の庭の飛び石の上で、小春日を浴び、春先の日ざしを浴びて、こちらを、私の方を見ていた姿を思い出して目を外らす。

七月三十一日水曜日　ノラ127日

晴　薄日　午後快晴
今日も二三ノラの知らせの電話あり。余りはっきりしないのもあるが、今となってはその知らせを受けるのが只一つの頼みである。

八月一日木曜日　ノラ128日
快晴　午後快晴
昨日も今日も三十四度半　連日無風で堪らなかったが今日は微かに風動く。
今日はどうしたのか一日じゅう、午後も宵も未明四時に寝るまでノラの事が繰り返し繰り返し思われて涙止まらず、本当にノラはどうしたのだろう。どこにいるのか。それともどこにもいないのか。

八月二日金曜日　ノラ129日
晴　午後快晴
宵三番町の某店からノラの電話があった。今いると云うのではない。

八月八日木曜日　立秋　ノラ135日

雨　遠雷　午後曇

未明四時半過ぎ遠雷の音とクルツが屋根を歩く音で目がさめた。クルツに窓を開けてやったりして中中寝続けられなくなった。

夜になってクルツが無闇に家内や私に身体をすり著《つ》けて、何かを訴えている様に思われる。暫らくうちにいたのでこの猫も憎くはない。もう自分のもとのお家に帰ろうと云っているのではないか。どこかの飼い猫だったに違いないから、帰るならそれが一番いいけれど、真直ぐに帰ればいいが又途中で迷ったりしては可哀想である。家内と相談して、ノラの為に用意してある小鈴のついた頸輪を嵌めてやる事にした。そうしておけば、金具の部分に私の所の所番地や電話番号が彫りつけてあるから、迷っても手がかりになる。自分の家に帰ったなら、その家から知らせて来る事が出来るだろう。クルツは頸玉をつけても邪魔にもせず、ちりちり鈴を鳴らしている。

ノラには更《あらた》めてもう一つ、もっと皮の柔らかいのを造っておいてやろうと思う。

八月九日金曜日　ノラ136日

晴

クルッが昨夜掛けてやった頸輪の鈴を鳴らして廊下にいるが、お膳に来ようとはしない。いいお行儀の猫だと思う。それにつけノラがどこかで飼われていて、お行儀が悪くなってお膳に手を出して叱られてはいないかと思う。

八月十四日水曜日　ノラ141日

曇　微雨後晴

朝荻窪からノラの電話あり。少し遠過ぎるとは思うけれど、何とも云えない。一《いち》縷《る》の望みを掛けて後報を待つ。二度目の電話でノラでない事が判明した。

八月十五日木曜日　ノラ142日

小雨　曇

午まえ二七ノ通からのノラの電話で目がさめた。違っている。

八月十七日土曜日　ノラ144日

曇薄日　午後半晴半曇

夕七時過ぎ町内六番町の某家からノラではないかと思われる猫を閉じ込めてあるから見に来いとの電話あり。すぐに家内が行って見たがノラではなかった。

八月三十一日土曜日　ノラ158日

快晴　初秋の朝らしくすがすがし

平山がノラの為に用意しておく新らしい頸輪を持って来てくれた。金具の所に所番地や電話番号を彫らせるのに手間が掛かった由。前にあったのは八月八日の立秋以来クルッが嵌めている。

九月一日日曜日　ノラ159日

曇微雨　温度下がりて二十五度半
寝てからクルッが寝床に来て寝たり、そこいらをうろうろするので、そんな事をしなかったノラが可哀想になり、今頃はどうしているかと思って泣けて仕様がなかった。

九月三日火曜日　ノラ161日
曇　夕半曇
夜十二時ペンをおいた時からノラの事を思い出し、或はもう帰らないのではないかと思ったら可哀想で可愛くて声を立てて泣いた。

九月五日木曜日　ノラ163日
快晴　晴　半曇
クルツも憎い猫ではないが棚に上がって仕様がない。ノラは一度もお勝手の棚へ上がった事がない。早く、とせがむ時は流しの縁に両手を掛けて背伸びをした。その姿を思い出す。小いさかったノラが、あんなに大きくなっていた。

九月十三日金曜日　ノラ170日

曇　小雨　夜半過から本降り

クルッが落ちつき払ってくつろいでいるから、お前は一体どこの猫だと云うと、家内が抱き上げて、内田さんとこの猫だわねと云う。もう帰っては行かないだろうし、それはそれでいいが、夜は毎晩寝床へ来て寝る。ノラは決してそんな事をしなかった。冬の寒い晩に茶の間でストーヴをたいていると、そろそろ這入って来て、しかし畳を踏まない様に、家内がその前で横になっている毛布の裾に上がって近づいて来た。そんなに遠慮させたノラが可哀想で堪らない。

九月二十日金曜日　ノラ177日

晴　薄日　午後曇　夜半から小雨

夜十時過ぎノラらしい猫の知らせの電話あり。尻尾はそうらしかったが、腹が白くないと云うのでノラではない。

九月二十一日土曜日　ノラ178日

秋晴

今日も午後ノラかと思うと云う電話あり。違っていたけれど、こんなに日が経っているのに、世間の知らない人がまだノラの事を覚えていてくれるのが難有《ありがた》い。

九月二十六日木曜日　彼岸明け　ノラ183日

残雨　曇　午後又雨

午下目をさました儘寝床に坐って煙草を吸い新聞を見ていると、小雨が降ったり止んだりしている外からクルツが物置小屋のトタン屋根にどたどたと音をさせて降りて来てすぐに茶の間の入口に顔を出し、その儘すたすたと這入って寝床の後ろへ廻って寝た。ノラも外から帰ると必ず一たん間境《まざかい》の入口へ顔を出し、それからすぐに引き返してお勝手へ行ったり、風呂場へ這入って風呂蓋に上がって寝たりした。

座敷へ這入って来なかったノラの事を思うと可哀想で涙が出て止まらない。しかし今私の後ろで頤《あご》を上にして、安心し切って寝ているクルッを叱るわけもない。

四

昔の古い唱歌に、

猫の子、子猫
名はお静
変な名の猫だと思う。
お静やお静
静かに行きて
鼠捕《と》れ

と云うのがあった。猫が鼠を捕るのは一つの手柄である。ところが私の家にはノラを飼う前から、鼠は一匹もいなかった。鼠の出這入りする穴を一一丹念にふさいで、鼠の侵入を許さなかった。

昔からそうしているので鼠に悩まされた事はない。そこへノラが住む様になっても、家の中にノラの獲物はいない。ノラは庭に出て隣りの学校との境の混凝屏《コンクリべい》の根もとの所にしゃがんでいる。小さな穴があって、そこから出這入りする鼠の影でも見たのだろう。

ノラがうちにいないと思うと、よくそこで穴口の見張りをしていた。随分気長にいつ迄でもじっとしていて、鼠なんか来ないよ、もうお帰りよと云って呼んでもこちらを見向きもしない。

その内に間抜けな鼠がいて、ノラに捕まった。ノラはその鼠をくわえて、初手柄を立てて、お勝手から家の中へ馳け込んだので家じゅうお騒ぎになった。

家の中で悪い事をする鼠を退治《たいじ》てくれたのならいいが、家に鼠はいない。よその鼠を取って来て、家へ帰って台所や廊下でぼりぼり食って、そこいらに血を流したり、血のついた鼠の頭を転がらせたりされては堪らない。家内と二人掛かりで鼠を横ぐわえにしたノラを追い廻してやっと外へ出て貰い、次にくわえた鼠を離させる為に、ノラの好きなチーズや蒲鉾を持って行って御機嫌を取ったが、それは考えて見れば猫に取ってはそんな物より鼠の方がよかったに違いない。決して離さないなりで庭草の中にもぐったり、木賊《とくさ》の間に隠れたりした。

どうかした機《はず》みでノラが鼠を離して家の中へ帰って来たが、半殺しの鼠をどこへ捨てたかで又一苦労した。夕方で辺りが暗くなりかかっていたので懐中電気を持ち出し、やっと葉蘭の根もとに鼠を見つけて、土を掘って埋めてその騒動が終った。

ほっとした家内がノラを抱いて、口のまわりを拭いてやって、猫には合点の行かぬ事を云い聞かせた。「ノラや、お前はいい子だから、もう鼠なぞ捕るんじゃないよ」

ノラはすばしっこい猫ではなかったが、クルッは一層要領が悪いらしい。ノラが鼠を捕って来た様な英雄的行為はクルッには出来そうもないから今の所先ず安心である。

ノラはもうあんまり巫山戯《ふざけ》廻ったりしなくなっていたが、クルッはまだどうかすると、何かが面白くなって止めどがつかなくなるらしい。独りで飛んで跳ねて、こないだの晩は床の間の花瓶を引っ繰り返した。初めの内はノラの兄貴か弟分かよくわからなかったが、この頃になってそれはもうはっきりした。ノラよりは少くとも一季は遅く生まれたに違いない。或はこの春先に最初のさかりがついて、もとの自分の家を出たきり、帰って行く道がわからなくなって私の所へ迷い込んだのかも知れない。だから、ノラもきっとどこかにいると思う。

クルツはノラより小柄である。まだ育たないと云うのでなく、柄がそうなのだろう。しかし五月半ば頃初めて私の家へ這入り込んだ時分から見ると随分ふとって大きくなった。初めは毛の手ざわりがざらざらして、ノラの手ざわりとは丸で違うと思ったが、この頃では毛が柔らかくなり又つやが出て来た。全体に大分綺麗にはなったが、尻尾が実に貧弱で見られない。お尻の端に生えているのでなく、背骨の途中から捲くれ上がった様で、短かくて一摘み程しかない。しかもそれがノラの尻尾の先の様に曲がって鉤《かぎ》になっている。だからいつだって金玉の袋も穴も丸出しである。後ろから見ると誠に見っともない。

ノラが自分の好きなおいしい物を食べている時、よく後ろから尻尾を引っ張ってやった。いやがるのは承知の上で、もしいやがってフウとでも云ったら怒ってやろうと思った。

いやだったに違いないが、向うの方が一枚上手《うわて》で一度もうるさそうにした事がない。知らん顔をして食べたい物を食べた。クルッにはまだ試して見た事はない。引っ張る程の尻尾がないのだからそんな気にもならない。

クルッは口もとに特徴がないが、ノラは口をつぶってまともにこちらへ向いているると、吉右衛門の明智光秀の様な感じがした。吉右衛門だけでなく私の友人にもノラに似た口許のプロフェッサーがいるけれど、気を悪くされるといけないから名前は指さない。

猫の一番可愛い所は耳である。こっちを向いてぴんと立てていても、向うを向いて三角の後ろを見せていても、尤もらしく物物しく、小さくて時時片っ方ずつ動いて、そこの所が一番猫らしい。ノラがぼんやりしている時は、いつも耳を折り畳んでやった。片一方をちゃんと折り畳んで、これでよしと思って、もう一つの耳に取り掛かると、人が折角折ったものをぴんと伸ばしてしまう。たまに両耳を両方とも折ってやった事もある。クルッの耳は小さいのか固いのか弾力があり過ぎるのか、一度も、片耳だけも成功しない。

ノラはよく目糞をためて家内に取って貰ったが、クルッの様に涙を流した事はない。クルッは私の所へ迷い込んだ当時からいまだに目がなおらない。脱脂綿を硼酸水で濡らして拭いてやるだけでなく、薬局から小児用の点眼水を買って差してやる。一箇分を使ってしまってまだなおらないから、今二箇目を差している。この幾日か少し良くなった様にも思われるけれど、外から帰って来た時は矢張り涙を溜めている。

クルッはすでに私の所を自分の家と心得ている様で、庭のまわりをノラがした通りに馳け廻り、屏に上がってよその猫が来ると喧嘩をする。そうして鼻の先を引っ掻かれて帰って来る。

その度に家内が治療してやって、どの猫にやられたのだ、今度来たらひどい目にあわせてやる、お前はいつも負けてばかりいるから意気地《いくじ》がないと云う。

怪我をして来たから負けたとは限らない。相打ちと云う事もあらあねえクルッ、と私が肩を持ってやる。

ノラだって怪我をして帰ったけれど、クルッはノラよりは弱い様で、何となくしけていて不景気である。この頃少し明かるい陽気な感じになった様にも思われる。

ノラを子供の時から座敷に入れない様にしたのは小鳥に掛かるといけないからで、ノラはそれが癖になり彼の習慣になっていたから気を遣う事はなかったが、クルッはよその家で育ったからそんな事にはお構いない。迷い込んで来た初めからずかずか座敷に這入った。その為に随分こちらで気を遣い、クルッが小鳥の方を見ようとすると、すぐに頭を叩いて止めさせる様にしている。

そうして気をつけているのに、一寸した油断でクルッが中床の棚の上の飼籠《こおけ》にいる宮崎目白に掛かろうとして、柱を攀《よ》じ登ったところを家内が見つけ、頭を叩いて叱って無事に済んだ。更めて抱き上げて目白を見せ、その前で私も頭を五つ六つ続け様に叩いてやった。

クルッは悉《ことごと》く恐れ入り、耳を低く食っつけて、小さくなった。下に降りると人の足もとで頭を畳につけて、頭からごろりと寝て恭順の意を表した。叱られた時はいつもそうする。甘えたい時にもその恰好をする。

二三日前の朝の夢に、向うに大きなライオンがいて、胴の長さが畳一畳敷ぐらいあった。その大きなライオンが私の見ている前で頭を地面につけたと思うと、クルッがする通りの要領でごろりと横になった。

クルッはさばが好きで、さばを常食としている。その間にチーズの御飯とかつぶしの御飯を食べる。かつぶしを貰う時は、家内がかいている傍にきちんと坐り、両手を前に揃えて突いて、いつも同じ恰好でおとなしく待っている。きっと育てて貰ったもとの家でそう云うお行儀にしつけられたのだろうと思う。その様子を見るとこの迷い猫が可哀想になる。

ノラはかつぶしは食べなかった。ノラの常食は生の小あじであったが、時たま家内の手から貰うお鮨の上の玉子焼には目がなかった。家内の膝に両手を乗せて、玉子焼を貰っていた恰好を思い出す。

ノラが帰らなくなった三月二十七日からもう半年になるが、その間一度も鮨を取っていない。今でもまだ註文する気になれない。私は仕事を続けている時、晩のお膳にはその日の仕事が終ってからでなければ坐らない事にしているので、その順序は毎晩遅くなる。だから仕事に掛かる前に一寸した小《こ》じょはんをしておく為にお鮨の握りを取り寄せる事がよくある。一日置き、どうかすると毎日続いた事もしょっちゅうで、御贔屓の鮨屋があるのだが、三月二十七日以来ノラに触れるのがこわくて持って来させる事が出来ない。

五

この頃の時候でよく雨が降る。

今日は夜のしぐれに濡れた庭の立ち樹の向うを稲妻が走り、遠い秋雷が雨の音を抑える様に鳴り響いた。

ノラはどこにいるのだろう。しぐれがノラの道を濡らして降り続ける。

クルツが廊下でくしゃみをした。その拍子に頸の鈴がちりちりと鳴った。ノラの頸輪は出来て来た儘紙袋に入れて抽斗《ひきだし》にしまってある。抽斗を開けると紙袋の中でちりちりと鳴る事がある。

クルツが廊下で大袈裟な伸びをしてから、そろりそろりとこっちへ這入って来た。私の横に並んで坐って人の顔を見ている。すっかりうちに居ついて馴れて、憎い猫ではない。尻尾が短かいだけで毛並みはノラそっくりだから、その横顔の工合なぞどうかするとノラを見ている様な気がする。だから私は困る。「こらクルツ、そんなに鼻っ面を前に出して、一体お前はどこの猫だ。どこから来たのか知らないが、お前はノラの事を知っているのだろう。ノラがどこかの屏の隅か、雑草の草むらの中で、お前に向かって、おれはもううちへ帰れないから、お前うちへ行っておれの代りにいろと云ったのではないか。そうではないのか。そんな事はないか。ないか。うそか。どうだ」

クルツは涙を溜めた目で人を見上げていると思うと、大きなライオンがした様に頭を畳につけてごろりと横に転がった。

ノラ未だ帰らず

一

今日は三月二十七日である。朝から暗い空がかぶさって小雨が降った。時時やむけれど濡れた飛び石がまだ乾かぬ内に又降り出し、次第に雨脚が繁くなった。暗い雲の下に、いつもより早い夕闇が流れてもう外は見えない。

ノラが去年の三月二十七日の昼間、庭の木賊《とくさ》の繁みを抜けてどこかへ行ったきり、帰って来なくなってから丁度一年経った。去年のその日は朝は氷が張る程寒かったがいいお天気で午後は暖かかった。滅多に外へ出た事のないノラが陽気にさそわれて遠歩きをし、帰って来る道がわからなくなったところへ、翌二十八日は春寒がゆるんだ後の大雨が降り出して、猫の通る道を洗い流してしまった。

それからの一年間、一日ずつ数えて三百六十五日、毎日ノラが帰って来るのを待った。夜遅く寝る時、もう閉まっている書斎の雨戸をもう一ぺん開けて、暗い庭の方に向かって、ノラやノラやノラやと呼んで見なければ気が済まない。

去年の五月下旬、ノラが出て行ってから五十幾日過ぎた時、熊本の未知の人から、いなくなった猫が必ず帰って来ると云うおまじないを教わった。ノラを待ってはいるけれど、おまじないを信ずる気にもなれなかったが、ノラが帰って来ない一日一日を数えて暮らすのは苦しい。今日は帰らなかったけれど明日は帰って来るだろうと思いたい。その区切りを毎日新らしくする為に、教わったおまじないを実行する事にした。ノラが使っていた食器を綺麗に洗って伏せ、その上に小さな艾《もぐさ》を載せてお灸を据える。初めに始める時、すでに経過した五十幾日分を一どきに据えて、以後毎晩寝る前に一つずつ据えた。その役目を家内が引き受けた。食器の底が点点と焦げた艾《もぐさ》で一ぱいになると一先ず掻き落として、又新たに始める。大体百日余りでお灸の台が一ぱいに詰まった様に思う。

その数を重ねて到頭三百六十五になった。そうなる前から、その数になるのがひどく気になり、こわい様に思われたが、五六日前に迫った時、丸一年過ぎたのだから毎晩お灸を据えるのは三百六十五日の数で止めようかと考えた。二三日の間、何度も何度もそう考えて見たけれど、結局その区切りをつけて、打ち切る決心はつかなかった。している事に意味はないかも知れないが、止める事にも意味はない。猫に暦は無い筈である。暦日が一年過ぎようと、お灸の数が三百六十五になろうと、そんな事に関係なく、こちらで自然に怠る様になるまで続ければいい。

艾《もぐさ》が途切れない様に、無くなる前に薬種屋へ註文しておけと家内に云った。

二

去年の秋「ノラに降る村しぐれ」を書いた後の日記の中の覚え書
十月五日土曜日　ノラ192日
未明雨　曇　薄日
午《ひる》過ぎ四番町の某氏からノラらしい猫が来ると知らせてくれた。

十月七日月曜日　ノラ194日

曇　半曇　又曇

午まえすぐ近くの雙葉女学校の裏門の所にノラに似た猫がいるとの知らせを受けた。しかし道を歩いていると云うので、見に行く迄いるか否かわからぬから諦めた。午後一昨日知らせてくれた四番町へ家内が見に行ったが、その猫はいなかった。

十月十三日日曜日　ノラ200日

曇　晴　午後快晴　二十四度半

夜じっと坐っていて思う。ノラがうちへ帰って来られなくなっている。もう帰れないのではないかと思ったら、可哀想で涙が流れて止まらなくなった。

十月十五日火曜日　ノラ202日

快晴

夕方近くから外出した留守中にノラの電話あり。日外猫《いつぞや》を持って来ると云うので用心した時と同じ声で、矢張りお宅の猫をつれて行くと云った由。尻尾が短かいと云うので、それでは違うと家内がことわったが、今度は先方の所番地を明らかにしたと云う。

十月十七日木曜日　ノラ204日
明け方通り雨後曇　雨　午後風出でて雨時時やむ。夕半晴　二十二度
今日は天気予報に依ると、この冬初めての季節風が吹くと云う。まだ寒くはないが木枯しの走りと云うわけで、夕方近くから風が吹き荒れている。新座敷に坐り硝子戸越しに宵の庭を見ていると、庭の電気の明かりに浮いている飛び石の上を、風で揺れる木の枝の陰が動く。何かこちらへ近づいて来る様に見える。すぐにノラではないかとは思わないけれど、矢張りひとりでにノラの聯想に結びついてしまう。これから先、風が寒くなってからノラがからだを冷たくして帰って来た時の事を思う。

十一月一日金曜日　ノラ219日
快晴
朝の覚め際の夢にノラがいた。いる所がわかった。そこにいると思ったが、はっきりしない内によくわからなくなって残念だと思う。しかし夢の中で、はっきりしたとしても、さめれば矢張り夢である。

十一月二日土曜日　ノラ220日
薄曇　曇　宵から雨
クルツが宵に雨の中を出たがって出て行ったと思うと暫らくして全身どぶ泥で臭くなって、目も鼻もわからぬ程よごれて帰って来たが、目の縁や鼻や耳に怪我をしている。負けて来たのだろう。家内がいろいろの薬で手当をしてやったが、ノラがどこかでこんな目にあったら、だれが手当をしてくれるだろうと思う。

十一月三日日曜日　ノラ221日

快晴

夜半二時を過ぎてもう寝ようかと思い、毎夜の癖でいつもノラが出入りしたお勝手の戸を開けて見た。その手許からノラが這入って来るとは思わないが、矢張り待ち心で外を見廻す。

死に遅れた秋虫の鉦叩《かねたた》きが、丸で調子の外れたゆっくりした拍子で鳴いているのが耳に立ち、ノラが遠くなる様で淋しい。

十一月八日金曜日　立冬　ノラ226日

快晴　風寒し

午過ぎノラの心当りの電話あり。尻尾の事を聞いてくれたが、毛色が違っていたらしく、その儘《まま》電話は切れたけれど今でもまだ気に掛けてくれる人が世間にいるのが難有《ありがた》い。それにつけても、どこかをうろうろした挙げ句、到頭帰れなくなったのではないかと思われるノラが可哀想で、もう外の風も寒くなったのにどうしているかと思う。

十一月十一日月曜日　ノラ229日

暖雨　午後雨南風を伴なう　夕雨上がりて西空晴れる　夜又雨

宵八時頃深川よりノラの心当りの電話あり。少し遠過ぎると思うけれど、又腹部の毛に斑が一つあると云うので違ってはいるけれど、親切な人がいると思えば難有し。

十一月二十五日月曜日　ノラ243日

快晴

ノラはすでに八ヶ月を過ぎ、うちの物音などで帰って来るとは思いにくいが、ノラがいつも帰って来る途中攀《よ》じ登った洗面所の窓を夜更けて閉める時、必要以上の音を立てて鳴らし、もう一度開けてノラやノラやと呼んで見る。今その目の先に、つわぶきの黄いろい花が三四輪、夜の薄明かりの中に咲いている。ノラはどうしたのだろう。

十一月二十八日木曜日　ノラ246日

快晴

夕一ッ橋学士会館の安倍能成さんの会へ行く。宴後迎えに来た石崎と下谷《したや》坂本のかぎ屋へ廻って飲みなおす。後でかぎ屋の向う側にある店の今川焼の焼きたての熱いのを食べるつもりでいたのに、石崎と店先で将棋をさして時間を忘れ、気がついた時は今川焼の戸が閉まっていた。何かでお酒の後口を変えたいと思い、酔っているから思い立ったら我慢が出来ない。今川焼が寝たなら、花巻蕎麦が食べたいと思ったが、お神さんが見に行ってくれたけれど蕎麦屋も寝ていた。止むを得ないからあきらめてタクシーに乗って帰りかけると、上車坂の通の左側に汁粉屋がまだ看板を出していたので車を停めて待たせて、石崎と汁粉を食べた。店先に半歳ぐらいの腹の白い藤猫の子が香箱を造って寝ている。丁度可愛いい盛りの大きさで、毛並みはちがうけれど、ノラもそんな時があったと思った途端、汁粉のお椀に涙が落ちた。

十二月六日金曜日　ノラ254日

薄日　晴

クルッがさかりがついていると見えて庭でニャオニャオ鳴いている。まだ若い声でやさしく可愛らしい。その声がノラそっくりなので聞いている内に涙が流れた。

午後荻窪の川南の交番の近くの某家からノラの心当りの電話あり、遠過ぎるとも思うし、少し違う点もある様だが、見知らぬ人の親切難有し。

十二月十五日日曜日　ノラ263日

曇

庭が暗くなってから、近所の縁の下にいるらしい若い雌猫が、ストーヴで曇った廊下の硝子戸の向うに顔を出した途端、ハッとしてノラかと思い、ついでゾッとした。

三十三年一月九日木曜日　ノラ288日

晴曇ヲ知ラズ

朝ノラの知らせの電話あり。毛色が違っていたが親切を難有く思う。

一月十五日水曜日　ノラ294日

雨

二三日雨が降り続いている。雨の音の為か、ノラがうちへ帰られなくなった時の事を頻《しき》りに思う。

二月二十四日月曜日　ノラ334日

雨　暖かし

もう一ケ月ぐらい前から赤ひげ（琉球、種子ケ島等ニ産スル駒鳥ニ似タ鳴禽）が啼き始め、高音《たかね》ではないが好い声で囀《さえず》る。日増しに声が大きくなり、節がはっきりして来た。それを聞くともなしに聞いていると、ひとりでに去年の今頃のノラの聯想につながり、赤ひげが啼くのがつらくなった。ノラももう一年近くなる。赤ひげの声は日毎に高くなって来た。ノラはもう帰らないか。

しかし一年ぐらい経って帰ったと云う実例を教えてくれた手紙が幾通か来ている。

二月二十七日木曜日　ノラ337日

曇

午後知らない人の電話にて麹町警察署の近くの遊園地にお宅のノラかと思われる猫がいるが、毛はよごれ人が近づけば逃げるけれど、何か好きな物を与えてもっとよく見て見ようと思う。ノラは何が好きかと尋ねてくれた。もう丸一年が近い今日、なおノラの事を覚えていてくれる人がある。

三月十七日月曜日　ノラ355日

曇　夜雨

高音《たかね》を張って啼き盛って来た赤ひげの声を聞くたびに、去年の今頃の、まだうちにいたノラを思い出す。

三月二十四日月曜日　ノラ362日
曇　半曇
ノラの三月二十七日が迫りて昼も夜も目の中が熱い。庭の彼岸桜の枝に薄色の花が二三輪咲きかけているのを見ようとしても、その下でノラが遊んでいた姿を思い出し、花びらがうるんでよく見えない。

三

江州《ごうしゅう》彦根からの来書に、その家の猫は去年の正月六日、つまりノラより三ヶ月近い前からいなくなって、未だに帰って来ない。人に話すと死んだか殺されたかしたのだろう、もう帰っては来ないと云い切る。しかしそうは思わない。きっと帰って来ると思うから今でも帰って来るのを待っていると書いてあった。
その同じ差し出しの二度目の手紙がまた来た。向うの日附は三月二十三日である。その猫が帰って来た。矢っ張り帰って来た。一年三ヶ月振りで夢の様にうれしいとあった。

ノラの事を思い合わせてうれしくもあり、又思い合わせて涙も流れる。彦根の手紙はノラがよこしたのではないか。

ネコロマンチシズム

文芸上の自然主義の後に唱えられた新浪曼主義、ネオロマンチシズムは、墺太利《オーストリヤ》のフーゴー・フォン・ホフマンシュタールや白耳義《ベルギー》のメーテルリンク等によって若かった私共に随分影響を与えた。漱石先生のまだお達者な当時で、木曜日の晩の漱石山房の席上、ネオロマンチシズムがしばしばみんなの間に言議せられた。鈴木三重吉さんは先生の「猫」に当てこすって、ネオロマンチシズムをいつもネコロマンチシズムと云った。

ふとその古い洒落を思い出したので、この稿の文題に擬する。

一

三月二十七日がもう近い。

五年前の三月二十七日の午後、家の猫のノラが木賊《とくさ》の茂みを抜けて、庭を渡ってどこかへ行ったきり、帰って来なくなったあの当時の事を思い出す。思い出すのは苦しい。成る可《べ》く触れたくないが、しかしその日が近くなれば矢張り思い出す。

そもそも昭和が三十年を越してから、私の身の上にろくな事はない。三十一年の初夏、梅雨空の東海道刈谷駅で宮城道雄がなくなった。惜しい人を死なせたとか、天才を失ったとか、そんな事でなく、私にはじっとしていられない程つらい、堪えられない事であった。

翌三十二年の春、ノラがどこかへ行ってしまった。家にいる間、可愛がってはいたけれど、いなくなったらこれ程可哀想な思いをしなければならぬとは知らなかった。その晩帰って来ないので、ろくろく眠られない程心配して一夜を明かしたが、その日の夕方から雨になり、夜に入ってからはひどい土砂降りで、烈しいしぶきの為にお勝手の戸を開ける事も出来なかった。

その晩の大雨でノラは帰って来る道を失ったのだろう。迷った挙げ句にどこかへまぎれ込み、家に帰れなくなったかと思うと可哀想で堪《たま》らない。

そうしてその翌年の三十三年秋には、家内が大病で入院した。幸いになおったけれどその間の心配は筆舌に尽くし難い。つまり連続三年間、一生の悲哀と苦痛を煎じ出して嘗めさせられた様な目を見た。

二

行方がわからなくなったノラを探し出す為に、いろいろ手を尽くした。

先ず初めに新聞の案内広告欄に、猫探しの広告を出した。

反響があったと云うのか、実にいろんな方面から心当たりを知らせてくれた。その中には随分遠方からの便りもある。

手掛かりを得る為に、無駄ではなかった様だが、しかし考えて見ると猫が迷って行く範囲には大体の限度がある。余り遠くの人人に訴えて見ても意味はないだろう。

そこで今度は新聞に添えて配る折込み広告を試る事にした。近所の新聞店に頼み、その受持ちの配達区域に配布して貰った。

この効果は著しく又直接的であって、心当たりを知らせてくれる郵便の外に、電話の応対に忙殺される位である。尤も中には冷やかしや多少脅迫めいたのもある。知らせてくれたらお礼をすると書いた項に引っ掛かって来るらしい。

しかしまだノラは見つからない。それで間をおいては又新らしい文面の折込み広告を出し、到頭前後四回に及んだ。配る区域を少しずつずらし、印刷した枚数もその時時で多少ちがうが、合計すれば二万枚近くになったかと思う。ノラが迷って行ったかも知れないと思われる範囲に外国の公館が幾つかあり、又米人の蒲鉾兵舎がかたまっている所もあるので、そこいらを目標に配る英文の折込み広告も作った。

方方の人が親切に教えてくれる心当たりを、家の者が一一見に行った。しかしよく似た猫はいても、ノラではない。

ノラ探しで世間に親切な人は多い事をしみじみ感じた。ノラに似た猫、ノラかと思われる猫がいるから、或はこれこれの時間にきまってやって来るから、見に来いと知らせてくれるばかりでなく、事によるとそうかも知れないと思われる猫が死んでいたので、うちの裏庭に埋めてやった。念の為に掘り返して御覧なさいと云ってくれる。

そう云う知らせを四ヶ所から受けた。一一家の者が出掛けて行って、そのお家の庭を掘らして貰った。死んだ猫を掘り返すなど、勿論気味の悪い話である。それを敢えて知らせてくれるだけでなく、その家の人も立ち会ったり手伝ったりしてくれた。しかしどれもノラではなかった。掘り掛けて土の中から現われた尻尾を見ただけで違う事がわかったのもある。

区役所のそう云う処理をする係へも行って、調べて貰ったが得るところはなかった。

結局ノラの行方はわからない。わからないなりに歳月が流れたが、今でもまだ帰って来る様な気がする。いろんな人から色色の事を教わったり、慰められたりしたが、猫探しを続けている一番仕舞頃に、区内の或る人からこんな事を聞かされた。

お宅から半蔵門は近い。お宅のノラはそっちの方へ行ったかも知れない。多分その方角へ迷って行ったのでしょう。

そう云われて見ると、そんな気がする。事実の上で何の根拠もあるわけではないが、ノラは私の家を出てから南の方へ行き、何となくそっちの方を伝い歩いている内に翌晩の大雨に会って道がわからなくなった。家に戻るつもりで迷っていると、段段その先へ先へと家から遠ざかった。ノラはどうも南又は東南の方角へ迷って行った様な気がして仕様がない。北の方も、西北の見当も探したし、又そっちの方からの知らせも受けたが、矢張りそれよりは反対の方角へ行った様な気がする。皇居の半蔵門は私の所から東南に当たる。

半蔵門の事を云い出したその人は、もしそうだとすると、お宅のノラは麴町の通の家並みの間を伝って、又は英国大使館の横を抜けて半蔵門の方へ行ったかも知れない。

半蔵門から皇居の中へ這入る。

皇居に這入って帰らなくなった迷い猫は無数にいる。彼等は御所のある鬱蒼たる森の中に住みつき、野性に戻った様な事になって中中外へは出て来ない。或は出られないのかも知れない。ノラが半蔵門から御所の中へ這入ったとすれば、先ず帰って来ると云う事はないでしょう。

私はそう聞いても、まだノラをあきらめる気にはなれない。しかし今日まで帰って来ないノラの足取りを考えるとすると、私の家を出て、東南の方へ迷って行き、幾日目かに半蔵門から皇居に這入ったとする筋が一番納得出来る様な気もする。

それならば、ノラが皇居の中にいるとするならば、私はノラの事を一こと、お情深い皇后様にお願い申上げておきたいと思う。しかし一度も拝謁した事もないのだから、勿論まだその機会はない。

最近両陛下のお住居の吹上御所が出来て、もとからあった皇子達の呉竹寮は取りこわしになったそうである。その呉竹寮があった当時、森に棲む野性を帯びた猫どもが頻《しき》りにその廻りに出没したと云う。

森の猫が余りに殖え過ぎて、樹の枝の小鳥を襲ったり巣を荒らしたりするので、猫狩りをしたと云う新聞記事を見た。

罠《わな》を仕掛けて三十何匹とか四十何匹とかを捕えたと云う。その中にノラが這入っていなかったか。気になるけれど、見に行くわけには行かないし、第一、皇居の森にノラがいるかどうかも、よくわからない。

三

管轄の麹町警察署へ捜索願を出した。

猫一匹の事で忙しい手を煩わして済まないと思ったが、非常に親切に扱ってくれた。

ところがノラは駄猫である。そこいらに、どこにでもいるありふれた猫で、素性は野良猫の子である。これが波斯猫《ペルシャねこ》、暹羅猫《シャムねこ》、アンゴラ猫などであったら、どうかすると一匹十何万円、或はもっとするかも知れない。そうなると警察はこちらの願いを取り上げるのに扱い易い。人の生命財産を護ってくれるのが警察の任務である。そんな高価な猫がいなくなった、或は盗まれたかも知れないとなれば警察の一仕事である。私の所でいくら大事に思っても、もともとただの野良猫の子であって見れば、野良猫の子がいなくなったから探してくれと云われても、警察としては猫探しに手を貸すのは少少勝手が違うだろう。

しかし麹町警察署は親切であった。電話で何度か情報を伝えてくれたり、私の家へ刑事が来てくれたり、ノラはまだ帰らぬけれどその当時の警察の扱い方は思い出しても難有《ありがた》い。

麹町警察だけでなく、隣接の神楽坂署、四谷署、赤坂署へも捜索願を出した。神楽坂署からは巡回の巡査が見て来たと云う知らせを受けて、すぐに行って見たが、ノラではなかったけれど、それを伝えてくれる警察も、又こちらが見に行くまでその猫を止めておいてくれた先方の家の人の親切も難有い。

難有いとか、親切だとか云うけれど、ろくでもない駄猫一匹の為に、そうやって世間を騒がし、況《いわん》や公の機関である警察を煩わしたりしたのは怪《け》しからんと怒る人があるかも知れないが、その通りで全く申し訳ない。相済まぬ事であったが、しかしノラはどこへ行ったのだろう。

春の三月二十七日にノラが帰って来なくなったその年の暮、文藝春秋新社から「ノラや」と題する単行本を出した。それから五年目の春がめぐり来て又三月二十七日が近づいたのでこの稿を書く気になったが、それに就いてはところどころ右の

「ノラや」を参照したい箇所がある。「ノラや」の本を取り出し、机の傍に置いたが、どうも開けて見る気になれない。所所にしろ、中を読み返すのがいやなのである。

この「ノラや」は最初から自分で読むのが気が進まず、上梓の際の校正その他も一切人任せにして、よろしくお願い申して本に纏めた。五年経っているから、もういいかと思ったが矢っ張りいけない。開いた所を少し読もうとすると丸で昨日今日の事の様に当時の悲哀がよみがえり、苦しくなって結局開いた所を見るに堪えないから又閉じてしまった。

「ノラや」の本は兎も角として、ノラはまだ帰って来るかも知れない。

四

三月二十七日から半月余り経った四月十五日の日記に出て来る屏《へい》の上にいた貧弱な猫が、今私の家にいるクルである。ノラとちがって尻尾が短かいから独逸語でクルッと名づけたが、クルッは三音で呼びにくいので、いつの間にかクルになっててしまった。

クルはその後五月十一日頃から又時時日記に現われている。そうしていつの間にか私の家に這入り込んでしまった。だから彼はもうすでに五年私の家にいる事になる。

いつの間にか這入り込んだと云ったが、別に胡麻化してもぐり込んだと云うわけではなく、実に当然僕はここにいるのだと云う風に落ちついて澄ましている。ノラよりは小柄で貧弱だが、尻尾が短かい外は全身の毛並みも顔つきも全くノラそっくりで、単に似ていると云う程度ではない。家に来る猫通《ねこつう》の見立てでは、ノラの弟だろうと云う。

ノラの素性はわかっているが、クルはどこで生まれて、どこで育ったのか丸でわからない。私の家に這入って来た時は、まだ耳の裏に毛が生えていなかった位で、生まれてから一年は経っていないだろうと思われた。しかしどこかに飼われていた事は確かで、決して野良猫ではない。

それがなぜ私の所に来たのか。クルはノラの伝言《ことづけ》をもたらしたのだと私は思う。

どう云う言《こと》づけなのか、クルはまだ伝えないが、しかし猫の口から聞かなくても大体はわかる。そう思うと又ノラが可哀想で堪らない。

同時にノラそっくりのクルも段段可愛くなった。彼はもとから私の所の猫だった様な顔をして、したい放題の事をし、勝手に振る舞って五年を過ごした。

その間に病気をして人を心配させる。猫医院のお医者の来診を乞うたり、薬はしょっちゅう貰いに行く。猫医院は私の所から遠くない。近所にいい医院があったのはクルの仕合せである。

最初に来診を乞うた時は内科的の故障であったが、つい一月程前には外で喧嘩をした時受けた傷が化膿し、猫の気分が重いらしいので来診して貰った。

診断の結果は入院を要すと云う事になった。場所が顔なので危険である。敗血症を起こせば命取りになり兼ねない。

翌日入院させた。毎朝家からクルの好きな物を運んでやった。昨夜クルの為に取りのけておいた平目のお刺身の残り、毎日彼が食べている鰈《かれい》の切り身、シュークリーム、ガンジイ牛乳。

ノラは生の小鰺《こあじ》の筒切りばかり食べていたが、クルは初めの内は鯖《さば》をよろこんで食べたけれど、後にお医者から鯖や鰺はあぶらが強くて猫のおなかに悪いから、鰈の様な淡味のものを与える様にと云われたので、以後はずっと鰈にしている。私も石がれいやまがれいは大好きなので、しょっちゅうクルと同じ物を魚屋に註文する事になる。

ガンジイ牛乳はノラも飲んでいたが、ノラはその外の牛乳は飲まなかったけれど、クルはそれ程我儘《わがまま》ではない。しかし入院中なのだから、一番うまい牛乳を届けてやる。

シュークリームはクルの好物である。但し中身のクリームしか食べない。家では皮は私が食べるけれど、病院の差し入れではそうは行かない。皮がどうなったか、よく知らない。

入院八日間で、漸くなおって帰って来た。その間毎朝同じ物を持って行ってやった。家から差し入れしなくても、勿論向うで入院食を与えてくれる筈だが、可哀想だから彼の好きな物を運んでやった。

夕方の食事は、朝こちらから持って行った物の残りを向うで与えてくれる。ところが家から持って行ったお皿でなく、医院の食器でやろうとしたら、クルはぷいと横を向いた儘食べようとしなかったそうで、お宅の猫はお皿がちがうと食べませんねと猫の女医さんが云ったと云う。

退院する前の晩からおなかをこわしたそうで、少し弱っているが、傷口の方はもういいのだからお連れなさいと云うので、家内と女中が迎えに行った。

大ぶりのバスケットに入れてさげて帰った。庭の方から帰って来たが、枝折戸《しおりど》のあたりから、バスケットの中でニャアニャア鳴いているのが聞こえた。

廊下に上がってバスケットから出してやった。

すっかり痩せて半分ぐらいになり、おまけにおなかをこわしたと云うので、ひょろひょろしている。真直ぐに歩けないので自分の向いている方とは違った方へふらつく。それでいて人の手に頭をすりつけ、うれしそうな声でニャアニャア云いながら、どたりとそこへ寝て見せる。

五

大分弱っているので当分外へは出さない事にした。

しかしもうお彼岸が近い。節分猫が済んでこれから彼岸猫の季節である。よその猫が入り代り立ち代りやって来て、庭で騒ぐ。

それでも初めの間はクルは出ようとしなかったが、暫らくする内にめきめき元気になって毛のつやもよくなり、身体のこなしもしゃんとして来た。

もういつ迄も家の中に我慢してはいられないだろう。目出度く外へ出してやったら忽ち喧嘩を始めて、よその猫を庭の外へ追い出そうとする。

ノラもそうだったが、クルも同じ事で、ここは、この庭は僕の領分だ、出て行けと云う様な気勢が見られる。

昨日の朝は彼が出掛けて行く目の先にいた白黒の玉猫にいきなり組みつき、白梅の咲き盛っている枝の下で格闘を始めた。

取っ組み合った儘《まま》ころがって、草の枯れた池の縁から水の中へ落ちた。

尤も結氷の為、池の縁のコンクリートに裂け目が出来て水が減っているので、猫が溺れる程深くはない。しかしその浅い水の底には泥と藻と枯れた水草の根と苔がよどんでいる。水に落ちた拍子に、組みついた二匹は一先ず離れたが、水から出てまだ追っ掛けるつもりらしい。彼は水の底のいろんな物を全身にかぶって這い上がり、満開の梅ケ枝の下でぶるぶると雫《しずく》を振るった。

垣隣り

一

垣隣りは戦後に建った木造の二階家で、上は一間《ま》、下は二間《ま》か、せいぜい三間《ま》ぐらいの狭い家だが、何に使うつもりだったのか、お勝手の続きに馬鹿に大きな土間があった。私の家よりは後に出来て、窮屈な地所を一ぱいに使う必要があったのか、軒の雨垂れが私の所の裏庭に落ちる程くっつけて建てた。

一度、表から廻って、その二階を見上げた事がある。障子が開け放しになっていたので、欄間《らんま》のまわりに、ずらずらと肖像の額が列べて懸けてあるのが目についた。大分離れているので、だれの肖像だか、はっきり解らなかったが、大体どれも皆、上人様《しょうにん》の姿の様であった。しかしそれが何枚も列べて懸けてあるのは一枚一枚ちがうのか、同じ人のちがったポーズなのか、よくわからなかった。

中年の夫婦暮らしで、子供はいなかった様である。主人は何をしているのか知らないが、勤め人ではなかったらしい。細君は時時垣根越しに私の家の者と口を利き、挨拶を交わした。地境に接した私の所の裏庭に生えている韮《にら》を取らしてくれと云い、毎日の様に少しずつむしって行った。

何年か前の話で、今はもうお隣りはいない。その家は取り毀《こわ》し、別の人が地続きに建てた大きなビルの裏庭になっている。

実はもとそこにいたお隣りの、上人《しょうにん》様の額を掲げたり、韮の葉をむしったりした夫婦がその後どうしたか、と云う話ではないので、全く歳月の流れるのは早い、去年の晩夏家猫クルツが病床に伏してから十日余りで死んだ八月十九日は、もうすぐそこに迫っている。

この一年間、何かと云えばクルを思い出した。今年の入梅の長雨の時、家の中の方方の柱や襖や、障子の腰板などに、クルが達者な時ひっ掛けた小便の跡が、湿気を呼んで再びじとじとし出した。すでに一年近く経っているのに、当時のしめりが戻って来るのが不思議であったが、そのしみを見るにつけて、今はもういないクルの我儘《わがまま》を回想の中でおさらいする気持になった。

クルは六年いたが、六年前になぜ私の所へ来たかと云えば、それはその前にいたノラに関聯がある。六年前の三月二十七日のうららかな春日和の午後、庭の木賊《とくさ》の繁みを抜けて出て行った儘、帰って来ないノラの言伝《ことづけ》を、クルが私の所にもたらそうとしたと私は思った。

だからクルとノラは私の気持の上では一筋につながっている。又してもノラの話か、クルの話かと云わずに、極くかいつまんだこのあわれな猫の身の上をお聞き下さい。

垣隣りの夫婦の話はこの本筋の前置きであって、ノラがその上人《しょうにん》様の額を飾った家の縁の下で生まれたと云うのが事の始まりである。

二

隣りの縁の下で生まれたノラは、独りっ子だった様である。

私は一般の猫の事は余りよく知らないが、若い親猫は一腹《はら》で何匹も子を産み、歳を取るに従って段段にその数がへるそうで、仕舞には一腹《はら》に一匹しか産まなくなると云う。

ノラが生まれた時、外に兄弟がいたか、どうか、余り立ち入った事はわからないが、歩ける様になってから、いつも私の家の屏《へい》の上に、母親に連れられて上がって来たのはノラ一匹だけで、ノラ以外の子猫を見た事はない。

そうだとすると、ノラの親猫は随分歳を取っていたのだろう。或はノラが末っ子だったのかも知れない。

よその家の縁の下でお産をするのは野良猫だからで、飼い猫ならそんな事はしないだろう。

縁の下で生まれた野良猫の子だから、ノラと云う名前をつけた。イプセンの「人形の家」のノラとは関係はない。イプセンのノラは女だが、うちのノラは男であった。

猫でも小いさい時は小いさい。ノラも夢の様に小いさかった。

一日じゅう屛の上で母親と向き合っていた。

一日一日と大きくなり、段段にいろんな事を覚えて来た様である。その内に私の所の物干しの柱を伝って、こっちへ降りて来る様になり、家内が手に持っている柄《ひ》杓《しゃく》にじゃれついて水甕《みずがめ》に落ちたりした。

そう云う事は旧稿「ノラや」に書き留めておいたが、その復習をするのではなく、クルにつながる一筋をノラから通しておきたいと思ってこの稿を企てたが、驚いた事に、もう六年経っている当時のノラが、思い出すに堪えない程可哀想で到底書き続けられない。他日を期して出直す事にして、尻切れの儘《まま》筆を措《お》く。垣隣りの上《しょう》人《にん》様の額の懸かっていた家を取り払った跡は、今のお隣りの裏庭である。そのお庭で近所の飼い猫が喧嘩の傷の為死んだ話を聞き、帰って来ないノラの運命と思い合わせた。その猫が初めに倒れていた所から重傷の儘少し動いて屛際まで辿《たど》りつき、そこで死んだと云うのは自分のお家へ帰りたかったのだろうと憐れに思うにつけ、その事を、帰って来ないノラと区分して、それはよその猫の話だと思うのは困難である。

「ノラや」

今、この原稿を書いていて、三月二十九日の「ノラや」の日が近い事を思う。ノラは三月二十九日に出て行ったのだから、三月三十日の朝だったかも知れない、目がさめて、昨夜ノラが帰って来なかったと思った途端、全然予期しなかった嗚咽《おえつ》がこみ上げ、忽ち自分の意識しない号泣となり、涙は滂沱《ぼうだ》として流れ出して枕を濡らした。

今となって思うに、その時ノラは死んだのだろう。遠隔交感《テレパシイ》の現象を信ずるも信じないもない。ノラが私の枕辺にお別れに来た事に間違いない。

当時の私はまだ七十歳に成るか、成らずであったが、その間の数十年来、こんな体験をした事がない。

一人でいれば、あたり構わずどこででも泣き出す。はばかりの中は特にそうで、一人でワアワア泣いた。少し気をつけなければ、御近所へ聞こえてしまうと家内がたしなめた。自分で収拾《しゅうしゅう》する事が出来ない。年来ペンを執っている上は、この激動を書き留めておかなければならないだろう。

一心に念じて、つらい気持を駆り立て、「ノラや」の一文を書いた。書き続けている間じゅう、いつも心に描いていたのは、備前岡山の北郊に在る金山《かなやま》のお寺である。

金山の標高はどの位あるのか、よく知らないが、せいぜい六七百米だろうと思う。或はもっと低いかも知れない。しかし景色は大変よく、一眸《ぼう》の下に南の脚下にひろがる岡山の全市を見下ろす。私共は小学校の遠足で連れて行かれたが、登って行くのがそんなに苦しい行軍ではなかった。金山寺の前に起って、目がパチパチする陽光を浴び、南から吹いて来る風を吸って、思わず深い呼吸をした。

「ノラや」を書き続ける間、絶えずその景色が心に浮かんでいた。雑誌に載っている時から反響があり、見も知らぬ多くの人人から、失踪した自分の飼い猫の、悲痛な思い出を綴った手紙が寄せられた。

後に「ノラや」を単行本として一本に纏めた時、それ等の手紙はすべて巻中に収録したが、そこは特に陸離たる光彩を放って全巻を圧している。

ところがそう云う最中に驚いた事に、手に持った感じで、三四百枚、或はもっとあったかも知れないが、飛んでもない大きな原稿の小包が来た。

何をどうしろと云うのかわからない。小包のかさで度胆《どぎも》を抜かれて、中を開けても見なかったが、後で考えて見ると、時時悪い癖の人がいて、郵便法違反を敢えてし、小包の中に信書を封入して来るのがある。若《も》しそんな事だったら、中を開けて見ればどう云うつもりの小包かもわかったかも知れないが、私はその時包みの儘《まま》、片づけてしまった。

その外にも、手ざわりで二三百枚と思われるもの、或はもっと軽く二百枚ぐらいか、そんなのが幾つか届いた。

開けて見ないから解らないが、こちらはノラの大騒ぎの最中、そんなおつき合いなど出来るものではない。

ノラの後にクルと呼ぶ猫を飼った。

飼ったと云うのは当たらない。向うが勝手に私の家へ這入り込んで来たので、丸でノラの兄弟みたいな顔をして落ちついていた。一生懸命にノラを探している最中、実にノラによく似た毛並の猫が、いつもお隣りの屏境《へいざかい》を伝い、随分見馴れて馴染みになった。そのしお時に彼は私の家へ這入り込んで来た。

だから、どんな素姓の猫か、こちらでは丸で知らなかったが、いつも傍にいれば矢張り可愛いくなる。ノラと違って、時時お行儀の悪い事もするが、叱れば又おとなしくなる。

ただ、しょっちゅう病気するので、近所の猫医者の病院の御厄介になった。段段元気がなくなり、弱って来て、猫病院の院長さんに来診を乞う様な事になった。

院長さんは毎朝早く来る。それが十幾日続いたけれど、験《げん》は見えない。

院長さんは来ると挨拶もそこそこ、忽ちそこへ小さな注射のアンプルを数種列べる。上手な手つきでアンプルを切り、家内に抱かれたクルに注射する。

どうもクルの経過は良くない様である。

私が言った。兎に角、今はまだこうして生きているのですから、この生命の燈《ひ》を消さない様に、もう一度元気にしてやって下さい。お骨折りにのし掛かる様ですが、どうかお願い申します。そう云って頭を下げた。

　これは大変な無理だった様で、院長さんは病院に帰ってからも、私の云った事でみんなと相談して下さったそうだが、私の方ではクルの素姓を丸で知らなかったので、すでに歳を取って、もう余命が無くなり掛けていたのに気がつかなかったのである。猫医者の方でも最後の一日二日前になって、おや、この歯の様子から見ると、随分歳を取っている様です。いつから飼っていらっしゃるのですか、と云う様な事になった。

　クルは家じゅうの号泣の中に、最後の息を引き取った。常命《じょうみょう》なれば仕方がない。猫だって人間だって変るところはない。

　ノラ、それからクル、その後に私のところでは猫は一切飼わない。

　寒い風の吹く晩などに、門の扉が擦れ合って、軋《きし》む音がすると、私はひやりとする。そこいらに捨てられた子猫が、寒くて腹がへって、ヒイヒイ泣いているのであったら、どうしよう。ほっておけば死んでしまう。家へ入れてやれば又ノラ、クルの苦労を繰り返す。子猫ではない、風の音だった事を確めてから、ほっとする。

初出一覧

彼ハ猫デアル　『小説新潮』昭和三十一年　二月号
ノラや　三十二年　七月号
ノラやノラや　同　八月号
千丁の柳　同　九月号
ノラに降る村しぐれ　同　十二月号
ノラ未だ帰らず　三十三年　六月号（「彼岸桜」より）
ネコロマンチシズム　三十七年　五月号
垣隣り　三十八年　十月号
「ノラや」　四十五年　五月号

編集付記

一、本書は、内田百閒『ノラや』所収の、飼い猫ノラに関する随筆を採録したものである。中公文庫版（二〇刷、二〇二二年六月刊）を底本とし、ちくま文庫『内田百閒集成9　ノラや』、福武書店刊『新輯　内田百閒全集』第十七巻、講談社刊『内田百閒全集』第十巻ほかを参照した。

一、正字旧仮名遣いを、新字新仮名遣いに改め、明らかに誤植と思われる語句は訂正した。必要に応じルビを適宜追加・削除した。

一、本文中に今日では不適切と思われる表現もあるが、発表当時の時代背景と作品の文化的価値に鑑みて底本のままとした。

編集協力　佐藤　聖

カバー　猫の足跡　田口ちくわ
表　紙　一九五七年四月二七日に配布した二回目の新聞折り込み広告に書かれた和歌（（公財）岡山県郷土文化財団所蔵）
扉　中公文庫『ノラや』装画（斎藤　清　©Hisako Watanabe）
装　幀　中央公論新社デザイン室

内田百閒

明治二十二年（一八八九）、岡山市に生まれる。六高を経て、大正三年、東京帝大独文科を卒業。この間、漱石の知遇を受け、門下の芥川龍之介、森田草平らを識る。以後、陸軍士官学校、海軍機関学校、法政大学などで教鞭をとる。無気味な幻想を描く第一創作集『冥途』をはじめとして『旅順入城式』『南山寿』『贋作吾輩は猫である』『実説艸平記』『阿房列車』などの小説や、独自のユーモア溢れる随筆『百鬼園随筆』『御馳走帖』『新方丈記』など多くの著作がある。昭和四十六年（一九七一）四月、死去。

ノラや ——愛《あい》猫《びょう》随《ずい》筆《ひっ》集《しゅう》

二〇二四年九月一〇日 初版発行

著者 内《うち》田《だ》百閒《ひゃっけん》
発行者 安部順一
発行所 中央公論新社
〒一〇〇-八一五二
東京都千代田区大手町一-七-一
電話 販売〇三-五二九九-一七三〇
編集〇三-五二九九-一七四〇
URL https://www.chuko.co.jp/

DTP ハンズ・ミケ
印刷 TOPPANクロレ
製本 大口製本印刷

Printed in Japan ISBN978-4-12-005813-4 C0093

内田百閒の本